À TOI QUI N'E

Albert Jacquard est né en
geoise, catholique et plutôt
influencent le cours de sa vie ... caractère opiniâtre : la Seconde Guerre mondiale et l'accident de voiture dans lequel il perd son frère et ses grands-parents. En 1945, il intègre l'Ecole polytechnique. En 1951, diplômé de l'Institut de statistiques, il entre à la SEITA où il s'intéresse à l'application de la statistique à la biologie. Il y consacre dix années pendant lesquelles il occupe les fonctions d'ingénieur en organisation et méthode, puis de secrétaire général adjoint. Après un court passage au ministère de la Santé publique de 1962 à 1964, il entre à l'Institut national d'études démographiques en 1965 et, parallèlement, suit des enseignements de biologie, de démographie et de génétique des populations. Il se spécialise dans cette dernière discipline pour laquelle il obtient un doctorat. Expert en génétique auprès de l'OMS de 1973 à 1985, il enseigne également dans les universités de Genève et de Paris VI.
Fervent défenseur du droit à la différence, Albert Jacquard prend une part active dans plusieurs controverses scientifiques des années 80. Désormais à la retraite, il consacre une part de son temps aux associations Droit au logement, APEIS (dont il est président d'honneur) et Droits Devant ! (dont il est coprésident), qui agissent pour aider les sans-abri, les sans-travail, les sans-voix...
Albert Jacquard a reçu, entre autres distinctions, la Légion d'honneur, le Prix scientifique de la Fondation de France (1980), le Prix littéraire de la Ville de Genève (1992).
Il est l'auteur notamment de *Génétique des populations* (1974), *Eloge de la différence* (1982), *Tous pareils, tous différents* (1991), *Science et croyances* (1994), *Le Souci des pauvres* (1996), *Petite Philosophie à l'usage des non-philosophes* (1997), *L'Equation du nénuphar* (1998), *J'accuse l'économie triomphante* (1995) et *La Science à l'usage des non-scientifiques* (2001).

Paru dans Le Livre de Poche :

L'ÉQUATION DU NÉNUPHAR
J'ACCUSE L'ÉCONOMIE TRIOMPHANTE
PETITE PHILOSOPHIE À L'USAGE DES NON-PHILOSOPHES
LE SOUCI DES PAUVRES

ALBERT JACQUARD

A toi qui n'es pas encore né(e)

CALMANN-LÉVY

© Calmann-Lévy, 2000.

A Alix.

Tu découvres cette lettre le jour de mon centième anniversaire. Entre l'été 99 où je l'ai écrite et l'instant où tu la lis, plus d'un quart de siècle s'est écoulé. Tu vis un « aujourd'hui » qui est pour moi un inaccessible « demain ». En lisant ces phrases, peut-être as-tu le désir de tisser un lien ténu avec cet homme lointain, dont ta famille t'a parlé, qui pour toi n'est même pas vieux puisqu'il a disparu, ton arrière-grand-père, moi.

Tout ce que je sais de toi est que tu es un de mes arrière-petits-enfants. Es-tu une fille, un garçon ? As-tu quinze ans, ou plus, ou moins ? Celui de tes parents qui te relie à moi est-il une de mes petites-filles, Sarah, ou Aurore, ou Chloé ou Marion, ou un de mes petits-fils, Julien, ou Béryl, ou Nathan ou Simon ? Je l'ignore. L'un d'eux a été le transmetteur d'une part de ce que la nature m'avait donné pour construire mon corps, et que j'avais moi-même transmis, complété à égalité par l'apport d'Alix, à l'un de nos fils, Bertrand, ou Pierre, ou Benoît. Cette part de moi est, à vrai dire, bien faible : un huitième, car je ne suis que l'un de tes huit arrière-grands-parents. Peut-être même as-tu été adopté(e), ce qui réduit cette part à zéro, mais ne modifie en rien mon désir de parcourir à travers le temps, à trois générations de distance, le chemin qui me conduit à toi.

Ce chemin n'est pas déjà tracé, il est véritable-

ment à construire ; les quelques milliers de gènes (tu le sais peut-être, la génétique a été le domaine scientifique sur lequel j'ai travaillé) qui en toi sont la copie des miens ne sont qu'un matériau dérisoire ; il me faut trouver d'autres parcours pour te rejoindre, m'agripper à d'autres prises pour m'approcher à portée de voix de toi.

Toi, un contemporain de mes après-demains,

Toi qui es déjà sans doute obsédé par ton propre avenir,

Toi qui, en me lisant, sens ta vie palpiter, au rythme même où en moi elle palpite en cet instant où je t'écris,

Toi qui regardes un ciel semblable au mien, et pourtant différent, car le passage du temps a transformé tout ce qui emplit le cosmos,

Toi qui commences à imaginer la personne que tu deviendras,

Toi pour qui je ne suis pas même un souvenir, à peine un prénom parfois évoqué, un personnage flou sur de vieilles photos, pardonne-moi de sauter à pieds joints par-dessus ces vingt-cinq années, et de m'inviter pour quelques instants dans ta vie. En la partageant je m'attribue, au-delà de ma mort, des instants que la nature m'a refusés. J'ai parcouru la plus grande partie du XXe siècle ; tu vas parcourir le XXIe. A toi de jouer, à moi d'essayer de t'éclairer. Permets-moi ce monologue qui me réinsère dans le flot des vivants.

Révolutions

Tu t'éloignes peu à peu de l'enfance. Jusqu'à présent, tu as surtout laissé les événements te porter, comme un voilier qui se contente de filer vent arrière. Maintenant tu entres dans la zone des turbulences, des tempêtes. Il va falloir choisir toi-même ton cap, et parfois naviguer vent debout.

Depuis ta naissance ton corps a grandi, tes organes se sont développés. Ces changements ont été continus, progressifs ; ils ont préservé une harmonie globale. Mais bientôt une véritable révolution va se produire, un bouleversement plus radical que la mue du serpent qui, la saison venue, change de peau, à peine moins spectaculaire que la métamorphose d'une chrysalide qui s'ouvre et devient papillon.

Au cours de cette mutation, tu auras parfois peine à te reconnaître toi-même. Pourtant tu ne deviendras pas un autre ; tu seras simplement occupé à construire cette personne imprévisible qui est toi. Elle ne se manifeste que par les rapports entretenus avec ce qui t'entoure, aussi bien les objets que les animaux ou les humains ; et ces rapports, tu vas les gérer selon ta propre volonté. Tu es face à une possibilité exaltante et troublante, magnifique et éprouvante : devenir celui que tu choisis d'être.

Jusqu'ici, tes rapports avec ce qui t'environne ont été à sens unique. Tu as reçu des informations, et tu les as prises pour conformes à la vérité ; tu as reçu des conseils, et tu les as écoutés sans toujours les suivre ; tu as reçu des consignes, et tu leur as plus ou moins obéi. Tous ces apports t'ont permis de dessiner, touche après touche, ton propre portrait, toi au cœur de l'univers.

Tu commences à découvrir que cet univers n'est pas une donnée immuable ; il a une histoire, étendue sur quelques millénaires si, comme les historiens, tu restreins cette histoire à la succession des sociétés humaines, sur quelques millions d'années si, comme les anthropologues, tu t'intéresses aux origines de notre espèce, sur quelques milliards d'années si, comme les biologistes, tu étudies l'évolution des êtres vivants, sur plus d'une dizaine de milliards d'années si tu écoutes les astronomes.

Ces durées paraissent vertigineuses ; elles ne représentent pourtant qu'une faible partie de l'Histoire. Quelques milliards d'années sont peu de chose pour un univers, quelques millions d'années peu de chose pour une espèce, quelques milliers peu de chose pour une culture. Le cosmos, l'humanité, notre société, sont, comme toi, en pleine période de puberté. Leurs aventures, comme la tienne, sont à peine ébauchées.

Mais qu'importe ce vertigineux passé ! Ce qui compte est le déroulement des épisodes actuels. Tu es au cœur de ce présent, tu vas participer aux événements qui vont suivre et, que tu le veuilles ou non, contribuer à les orienter.

Garde-toi d'imaginer que ton influence est

négligeable. Tu n'es qu'un des huit milliards d'humains qui, d'après les prévisions actuelles, peupleront la planète en 2025 ; mais, comme chacun d'eux, tu comptes pour un. Ni moins que les personnages qui occupent le devant de la scène et que l'on dit puissants, ni plus que les malheureux qui sont apparemment sur la touche et que l'on dit exclus. Ta présence pèse du même poids que celle des présidents et des clochards. N'accepte jamais de succomber aux insidieux « à quoi bon ? ». Ne te satisfais pas du rôle de Ponce Pilate. Ne dis jamais : « je n'y peux rien », ou pire, « je n'y suis pour rien ».

Certes, les galaxies ou les particules élémentaires ne sont guère influencées par tes choix ; mais, entre ces deux inaccessibles, l'infiniment grand et l'infiniment petit, il y a le monde des hommes, la « Terre des hommes », scène où, avec huit milliards d'autres, tu vas jouer ton rôle.

Ce rôle n'est pas déjà écrit.

Il l'est pour les objets qui t'entourent ; qu'ils soient dits inanimés ou qu'ils soient dits vivants, ils ne peuvent qu'obéir aux forces de la nature.

Il ne l'est pas pour les hommes ; eux seuls sont capables de dire non à la nature ; eux seuls peuvent raturer le livre du destin et y ajouter des pages écrites par eux.

La période dans laquelle tu entres va provoquer un bouleversement de ton corps et de ton esprit, il se trouve qu'elle est aussi une période de bouleversement de la société dont tu fais partie. Tu as la chance de participer à une des grandes révolutions de l'histoire de notre espèce. En affirmant cela, je ne prétends pas jouer les pythonisses. Mais vingt-cinq années sont si vite passées (1975, c'était hier) qu'il est possible de tirer les conséquences de la dynamique du présent pour décrire certains traits de demain. Homme de l'an 2000, je peux tenter d'imaginer certains des traits de l'an 2025. Les transformations déjà engagées ne peuvent que s'amplifier. Il est difficile de supposer que les tempêtes qui commencent à se lever en cette fin de siècle seront calmées lorsque tu me liras. Je risque peu de me tromper en admettant que le monde autour de toi connaîtra encore de rudes convulsions. Ce ne sera pas, à chaque instant, confortable, mais cela te donnera la possibilité, à toi comme à tous ceux qui voudront agir, de participer à ces changements, de les orienter, de choisir.

Choisir est vain si l'on n'est pas capable d'agir ; agir est stérile si l'on ne comprend pas les processus qui font se succéder les événements. Transformer une réalité dans le sens que l'on désire n'est possible que si l'on a pénétré les mécanismes qui y ont abouti, si l'on a analysé ces mécanismes, découvert les forces en action, si l'on est devenu enfin capable d'utiliser ces forces pour provoquer une dynamique conforme à l'objectif que l'on s'est fixé. C'est à cela que je vais m'efforcer de réfléchir devant toi.

Depuis que les humains ont pris conscience de leur propre existence, leur obsession fondamentale a été de chercher les causes derrière les phénomènes, de comprendre, car la compréhension fait reculer l'angoisse. Ils ont eu, comme tous les animaux, peur du feu, peur de cette puissance peut-être maléfique qui se manifestait par les flammes ; puis ils ont remplacé l'étonnement et la terreur par le questionnement : pourquoi cette lumière ? pourquoi cette chaleur ? Les premières réponses étaient plus inspirées par les croyances que par la raison, mais elles se sont peu à peu rapprochées de la réalité, éliminant le mystère au profit de l'explication.

L'émerveillement n'en est pas moins profond, au contraire. Les flammes restent toujours aussi fascinantes lorsqu'on connaît les mécanismes naturels qui les rendent chaudes et brillantes. A cette fascination s'ajoute l'admiration pour le jeu décrit par les chimistes des interactions entre molécules capables de produire la danse de la lumière. Le ciel nocturne paraît plus féerique lorsqu'on le sait, grâce aux astronomes, peuplé, en plus des étoiles visibles, d'innombrables galaxies que seuls peuvent déceler nos télescopes, et de mystérieux trous noirs que seules peuvent révéler nos équations.

C'est cela la science, et je t'en parlerai souvent : un effort jamais achevé pour naître au monde en faisant naître en notre esprit un modèle du monde. Cet effort est souvent très exigeant, il nécessite des cheminements laborieux dont on ne voit pas toujours en quoi ils nous approchent du but. De même sont pénibles les pas de celui qui, malgré la fatigue, progresse vers un sommet ; il ne renonce pas car il sait quelle sera sa récompense quand enfin son regard ne rencontrera plus d'obstacles et embrassera l'horizon !

De la compréhension naît l'efficacité. La justification des efforts nécessaires pour accroître la connaissance a souvent été recherchée dans les avancées techniques qui en résultaient. Lorsque j'étais enfant, j'ai partagé les enthousiasmes de Jules Verne qui anticipait ces avancées et présentait un monde des hommes où presque tout deviendrait possible, pour leur plus grand bonheur. La réalité a dépassé ses prévisions. Le déferlement des découvertes scientifiques a, tout naturellement, entraîné un torrent de réalisations qui ont bouleversé notre vie quotidienne. Mais le constat le plus troublant qu'a dû accepter ma génération est que les avancées techniques ne sont pas nécessairement des progrès humains. Jules Verne avait prévu le tour du monde en quatre-vingts jours, les avions et les sous-marins ; il n'avait prévu ni la bombe nucléaire ni les manipulations génétiques.

Le choc a été rude lorsqu'il a fallu se rendre à l'évidence : parmi les possibles apportés par la technique il y avait le pire, aussi bien l'asservissement de la majorité des hommes que leur suicide collectif. Aux beaux rêves de sociétés apaisées, opulentes, égalitaires, succédait le cauchemar du *Meilleur des mondes* décrit par Aldous Huxley ou du règne de *Big Brother* annoncé par George Orwell. Pour les scientifiques conscients du danger, la hiérarchie des urgences en a été renversée ; ils constataient que leur objectif premier était non plus d'accroître la connaissance mais de s'opposer aux délires provoqués par la fascination des nouveaux pouvoirs qu'apporte cette connaissance. Te souviens-tu du déchirement exprimé par Robert Oppenheimer, physicien chargé de la mise au point des premières bombes atomiques, lorsqu'il s'opposa, en vain, à la réalisation de la bombe à hydrogène mille fois plus puissante ?

Refuser de faire ce que notre intelligence nous permet de faire est à l'opposé de l'attitude de toujours : nos lointains ancêtres auraient-ils accepté de ne pas se réchauffer près du feu ? Dans de nombreux domaines, en raison des contraintes imposées par la finitude de notre planète, cette attitude est aujourd'hui devenue nécessaire. Il ne sera pas facile de faire passer cette évidence dans les comportements.

En cette fin de siècle, ma génération commence à prendre conscience de ces transformations radicales ; je ne m'avance guère en imaginant que leurs effets ne seront pas apaisés pour ta génération. Je t'envie : tu vis une double révolution, celle de ta propre personne, celle de la société des hommes. Leur entrelacement t'apporte la chance d'être créateur.

Un jour de ma vie

Pour que tu me connaisses un peu et qu'un échange puisse s'ébaucher, je vais te rapporter quelques épisodes qui me semblent émerger lorsque je regarde en arrière mon passé, lointain ou proche. Non pas des événements grandioses, des émotions bouleversantes, des décisions hardies, mais des passages de ma vie très ordinaires qui, sans que j'en sache la raison, prennent une importance démesurée dans mon souvenir.

Justement parce qu'ils font partie de la succession banale des jours, ils te feront comprendre dans quel monde j'ai vécu, un monde qui a tellement changé au long de mon propre parcours et dont j'essaie d'imaginer les transformations qu'il subira jusqu'à toi.

En réalité, je ne vais pas te raconter ces souvenirs, mais me les raconter à moi-même, en ta présence. Car ce récit m'obligera à aller au-delà de la succession des faits, à comprendre ce que camoufle l'anecdote. En cherchant à me décrire à toi, c'est à moi que je tente de révéler qui je suis.

Pour commencer, toutes affaires cessantes, il me faut raconter ce jour de ma vie déjà lointain, mais qui s'accroche à mon esprit comme une sangsue. Qu'a-t-il donc de si important ? Pour l'instant, alors que je commence mon récit, je l'ignore. Je sais seulement que rien ne peut être entrepris tant que cette exploration n'aura pas eu lieu. Je suis devant cette réminiscence entrebâillée comme un enfant devant la porte d'un grenier resté jusque-là mystérieux et qu'il ose enfin explorer. Peut-être n'y trouvera-t-il que de vieux journaux et des toiles d'araignées. L'appel cependant est si puissant qu'il ne peut avoir l'esprit tranquille tant qu'il n'aura pas regardé dans tous les placards, ouvert les couvercles de toutes les malles, déplacé toutes les piles de livres. Dans ce bric-à-brac, il doit y avoir quelque part un trésor ; pour l'instant il est invisible, mais il doit souterrainement briller, solitaire, dans une grotte poussiéreuse aménagée par le hasard des amoncellements de quelques hardes sales et usées.

Devant la porte du souvenir, le souvenir de cette journée de ma vie qu'il me faut décrire pour m'en libérer, avec l'espoir ténu d'y trouver des réponses à je ne sais quelles questions, je reste hésitant et apeuré. Les événements à évoquer sont tous insignifiants un par un, mais ils ont été les matériaux du déroulement des heures au cours de cette journée. A condition de n'omettre aucun détail, d'être plus scrupuleux dans ma description qu'une bigote avouant à son confesseur ses premiers et tardifs émois, je trouverai peut-être dans leur courte succession celui qui apportera un éclair fulgurant, dissipant des ténèbres si denses qu'ils font oublier la possibilité même de la lumière

Le plus facile est de situer ces instants : ils ont constitué le 6 574e jour de ma vie. Le calcul est simple ; c'était mon dix-huitième anniversaire, il faut donc multiplier 18 par 365 et ajouter (comme n'a pas manqué de le faire Soljenitsyne racontant le séjour au goulag d'Yvan Denissovitch) 4 pour les années bissextiles. Dans deux jours ce sera Noël, mais ma propre naissance tient alors plus de place dans mon esprit que celle du lointain Enfant Jésus, 1943 ans auparavant, si l'on se fie au décompte probablement faux des théologiens.

Mon réveil a sonné tôt, très tôt. Je dois prendre le premier train quittant Versailles, puis aller en métro de Saint-Lazare à la gare de l'Est, et surtout ne pas rater le seul train du matin allant vers la Haute-Saône. La veille, la presque totalité des pensionnaires de « Ginette », l'école Sainte-Geneviève dont les résultats aux concours des grandes écoles sont présentés avec orgueil par les jésuites, ont rejoint leurs familles pour les vacances de Noël. Il m'aurait fallu, pour ne pas perdre une journée de vacances, partir quelques heures avant l'instant officiel de la fin du trimestre ; la permission m'en a été refusée ; l'heure c'est l'heure, pas de dérogation. J'étais furieux contre cette rigidité bien dans le style de ces « éducateurs », plus préoccupés de la formation de futurs saint-cyriens prêts à mourir en gants blancs pour la France que de la construction d'intelligences capables d'autonomie et de remises en cause.

Dans le sévère bâtiment réservé aux piaules des bizuths, tout est vide et noir. A tâtons je descends les étages sans même chercher à allumer les faibles ampoules tolérées par la défense passive. Dans le vaste hall du rez-de-chaussée, une ombre s'approche ; je reconnais le père sous-préfet, seconde autorité de l'école, à peine moins craint de tous, personnels, profs ou élèves, que le chef suprême, le préfet. « Je vous attendais. J'ai une bonne nouvelle pour vous. Les résultats du trimestre ont été calculés tard hier soir. Pour la classe de Math-Sup A, les meilleures notes sont les vôtres. Vous êtes le major. » Ma rancœur contre l'application rigide du règlement s'évanouit aussitôt ; j'ai perdu une journée de vacances, mais je vais arriver dans ma famille avec la meilleure des nouvelles. Tout le long voyage redouté, dans ces trains problématiques et inconfortables de la zone occupée, va en être transformé.

J'ai donc eu raison contre tous, parents, profs, amis, en décidant de tenter l'aventure. Chacun m'a mis en garde. Entrer en taupe, préparer le concours de l'X, c'était m'engager dans une voie trop difficile pour moi ; je ne pourrais qu'y accumuler des échecs. Etre parmi les bons en maths au collège de Gray n'était guère significatif. Je rencontrerais une concurrence autrement plus rude lorsque je serais confronté aux « meilleurs » venus de toutes les provinces. J'avais tenu bon et voulu tenter l'épreuve.

Au cours de ce premier trimestre, j'avais mis toutes les chances de mon côté. J'avais vécu comme un moine qui, loin d'être obsédé par sa rencontre avec Dieu, n'aurait pensé qu'à séduire la réussite. Tous les instants des jours et beaucoup d'instants des nuits avaient été mis au service de cette réussite. Ce n'est pas le plaisir de comprendre une théorie nouvelle ou d'accéder à une vision plus large de la réalité qui justifiait mes efforts, mais l'espoir de pénétrer dans les cercles emboîtés où l'on rencontre ceux qui ont su passer les barrières, qui participent aux groupes d'hommes capables de prendre des décisions, où l'on n'est plus seulement regardé comme un atome dans la foule, indiscernable parmi une multitude, mais comme quelqu'un qui a sa propre définition. J'étais hanté par le besoin d'être reconnu, d'exister face aux autres, persuadé que c'était la seule façon d'exister pour moi-même. Ce matin-là, dans le froid et l'obscurité de ce hall déserté, j'apprends que la première barrière est franchie. J'ai le sentiment d'entrer dans le premier cercle ; l'élan est donné ; à nous deux, les barrières suivantes.

La neige des rues sombres, le petit vent froid sur le quai de la halte de Montreuil, la lenteur du train de banlieue, ne sont que sensations sans importance, contrepoints sourdement douloureux mais à peine conscients d'une fanfare intérieure accompagnant un cheminement glorieux.

J'ai gagné. Je ne ressens pas la joie perverse de celui qui l'a emporté sur les autres, seulement le bonheur d'avoir levé un doute sur moi-même. A la question lancinante : « En es-tu capable ? », je viens d'entendre la réponse. Au doute succède soudain la certitude. Une véritable métamorphose.

Dans le monde, ce jour-là, des événements d'un tout autre ordre de grandeur emportaient des millions d'hommes et de femmes dans une monstrueuse avalanche de catastrophes. Sur le front de l'est, les Soviétiques, après la victoire décisive de Stalingrad, n'avaient pu encore reprendre aux Allemands qu'une fraction du territoire envahi ; Léningrad en était à son 850e jour de siège, la moitié de ses habitants étaient déjà morts d'épuisement ; Moscou n'était qu'à trois cents kilomètres des plaines où s'affrontaient les blindés. Les villes allemandes étaient quotidiennement bombardées par les avions anglais et américains. En Italie, les troupes du Reich ne reculaient que pied à pied ; au sud de Rome elles étaient retranchées dans l'abbaye du mont Cassin, qui bientôt allait être inutilement bombardée et détruite. A l'autre bout du monde, dans le Pacifique, la marine américaine commençait, au prix de pertes terribles, à faire refluer la marée japonaise jusqu'alors triomphante. Partout sur la planète, des femmes et des hommes étaient sacrifiés, disparaissant dans une tornade qu'ils subissaient sans pouvoir comprendre les causes de son déferlement. En France même, peu nombreux étaient ceux qui avaient choisi de se battre et d'exposer délibérément leur vie en « résistant ». Je n'en faisais pas partie. Entre élèves, les conversations évoquaient rarement ce sujet. Les occasions d'en parler étaient paradoxalement assez rares. Les nouvelles du monde ne nous parvenaient que grâce à l'exemplaire du journal *Le Matin* affiché chaque jour dans un couloir. Il n'y était question que de la nécessaire lutte contre le bolchevisme à laquelle il fallait participer en collaborant avec l'Allemagne, et de l'héroïsme des troupes nazies au cours de leur « retraite élastique » en URSS. Cette propagande ne convainquait personne, mais ne provoquait même pas de réactions d'indignation. Tous ces événements se déroulaient hors de notre domaine. Ils n'étaient pas les matériaux de la construction de nous-mêmes ; ils étaient une toile de fond absurde, mal peinte, devant laquelle nous nous efforcions de poursuivre chacun la réalisation de notre projet sans trop songer aux révolutions en cours.

Ce déferlement de fureur était lointain ; il n'avait que des répercussions limitées sur notre quotidien. La nourriture était à peine suffisante, la lumière était parfois coupée, mais l'essentiel était préservé puisque nous pouvions poursuivre l'objectif qui nous avait amenés là : absorber les matières du programme, passer en fin d'année dans la classe suivante, et finalement « intégrer » l'école espérée. Tout le reste était un tissu d'anecdotes sans véritable importance.

Au cours du long parcours traversant la Champagne et le plateau de Langres enneigés, mes pensées ne se sont certainement guère aventurées hors du cercle des interrogations centrées sur moi, ou plutôt sur ma famille. Pour la première fois de ma vie, je l'avais quittée pendant trois mois. J'avais autant que possible maintenu le contact ; Gray était située dans une « zone interdite » limitrophe de l'Alsace annexée par l'Allemagne, et séparée du reste de la France par une simili-frontière que ne pouvait franchir le téléphone ; par de nombreuses lettres je m'étais efforcé de décrire mon quotidien, mais j'avais ressenti une déchirure. J'aurais pu vivre cet épisode comme une libération, une occasion d'autonomie, un début du nécessaire envol personnel ; je n'avais éprouvé qu'une privation. La chaleur du groupe familial si soudé me manquait. Je me réjouissais de la retrouver.

J'ai oublié quelles ont été mes réactions devant l'inconfort de ce train, lent, mal chauffé, mais qui me rapprochait du foyer qui m'avait tant manqué. Certainement, en cette veille de fête, le compartiment était bondé, mais je n'ai aucun souvenir des voyageurs ; les ai-je seulement regardés ? A Chaumont, il a fallu descendre du train et suivre un long chemin, chacun portant ses bagages, pour contourner le viaduc détruit par un bombardement et retrouver un autre convoi. Simple intermède. Rien, pas même le froid ne pouvait pénétrer la bulle où je m'étais réfugié, hors d'atteinte de l'agitation du monde extérieur. Je m'y repaissais de la bonne nouvelle du matin. La bifurcation était dépassée ; je me sentais sur la bonne voie ; celle de la réussite. Ma satisfaction, mon soulagement, étaient à la mesure de mon inquiétude de départ. J'avais eu si peur d'être définitivement destiné à la médiocrité et aux sarcasmes.

Il m'avait fallu trouver le chemin qui me permettrait d'y échapper. La nature ne m'avait pas donné les moyens de l'emporter sur les autres par la lutte physique ; les mésaventures de l'enfance ne m'avaient apporté ni la force ni l'agilité. J'avais donc tout misé sur la seule victoire possible, celle que me donnerait mon activité intellectuelle. Je jouais mon va-tout en l'emportant par le jeu non des muscles ou des nerfs, mais des neurones. Je ne m'en étais pas caché et avais provoqué quelques quolibets ; certains camarades de « taupe » m'avaient donné le sobriquet de « cerveau dans une cuvette ». La plaisanterie, qui se voulait moqueuse, m'avait secrètement contenté. Les « autres » qui couraient, sautaient, nageaient mieux que moi se satisfaisaient d'être des « cuvettes » de meilleure qualité, mais l'essentiel était le cerveau qu'elle contenait. Je n'avais pas ménagé mes efforts pour améliorer ce contenu. Si j'avais disposé d'anabolisants dopant les hémisphères cérébraux, je n'aurais pas hésité à les utiliser. En fait, j'étais effectivement dopé par les hormones endogènes que ma volonté d'atteindre mon but faisait sécréter à mes glandes endocrines.

J'affectais du mépris pour ceux dont le seul souci est le soin de leur corps, mais j'avais la même obsession pour la partie intracrânienne de mon organisme. Une obsession finalement confortable, comme toutes les attitudes assez intenses pour isoler des mésaventures environnantes.

Certes, je me trouvais fort bien dans la bulle qui m'a protégé jusqu'à la tombée du jour, lorsque je suis descendu du train à l'arrêt de Culmont-Chalindrey.

Seuls, sans doute, les employés du réseau de l'Est connaissent l'existence de ce bourg qui ne doit son inscription sur les cartes qu'au croisement de deux lignes de chemin de fer, est-ouest Paris-Belfort, nord-sud Metz-Lyon. Le froid et le vent du plateau de Langres y sévissent avec une permanence et une puissance redoutables. De là un autorail, une « micheline » comme on disait alors, car la société Michelin avait tenté d'y adapter des pneus, devait m'emmener vers Gray. Surprise, j'y étais attendu par Isabelle et Jean sur le quai enneigé.

J'ai compris combien eux aussi étaient impatients de ces retrouvailles, au point de vouloir les avancer en venant à la rencontre de leur frère. Ils avaient ressenti l'éloignement d'un des membres du groupe familial comme une amputation. Bien sûr, cette séparation était nécessaire pour mes études ; ils l'admettaient comme une évidence ; ils n'en éprouvaient pas moins une tristesse devant un changement irréversible, signal d'autres transformations. Peut-être m'en voulaient-ils un peu d'être celui par qui le lien familial avait commencé à se desserrer, sans doute y avaient-ils vu une sorte de désertion.

A cet instant, il n'était question que de retrouver la cohésion du groupe, de la renforcer. La « frontière » de la zone interdite étant passée, j'ai pu téléphoner aussitôt à mes parents. Oui, j'étais bien arrivé, non, je n'avais pas eu trop froid ; oui nous étions en train de boire un Viandox en attendant le départ de la micheline ; mais surtout je leur ai dit la grande nouvelle qui, depuis le matin, bouillonnait en moi. Ils ont compris l'intensité de mon enthousiasme. Ils avaient plus que moi douté ; ces doutes étaient balayés ; il suffisait maintenant de laisser se dérouler une histoire déjà presque écrite.

A l'arrivée ce fut vraiment la fête, comme certainement tu en connais dans ta famille à l'occasion des événements de la tribu. Elle était préparée depuis des jours pour mon arrivée, pour mon anniversaire ; elle prenait un autre sens avec mon succès inespéré. Au milieu des embrassades, des histoires racontées cent fois pour renouer les fils interrompus, de l'évocation des mille petits événements qui avaient marqué ces trois mois pour eux et pour moi, le thème attracteur était cette nouvelle apprise ce matin ; elle faisait entrer dans un avenir probable ce qui n'était jusque-là qu'espérance à peine pensée, jamais dite de peur de la faire s'évanouir sous le choc trop brutal des mots. Un personnage incongru nourrissait les échanges, ce « père sous-préfet » qui avait pris la peine de se lever si tôt pour me rencontrer.

J'avais besoin de ces deux sources, de ces réponses à deux interrogations informulables ; l'interrogation sur moi-même, l'interrogation sur l'affection que me portait ma famille. J'étais rassuré. J'avais tort. Non d'être rassuré, mais de donner de l'importance à ces seules interrogations.

Après avoir reconstitué cette journée à partir des bribes que m'en fournit ma mémoire, je comprends enfin pourquoi il était important de me contraindre à la décrire. Je suis maintenant face à des aspects de moi, narcissisme, attirance pour le cocon, qui ne me plaisent guère, et dont il me faut être conscient. Le fait même d'avoir ressenti la nécessité de les évoquer les met en évidence.

Je croyais franchir une étape décisive, m'apportant l'autonomie ; je n'avais, sans m'en rendre compte, que renforcé mon conformisme. Je croyais me libérer, passer dans le camp de ceux qui ont la possibilité de décider de leur destin ; je n'avais su que me soumettre à des règles imposées. Certes, cette voie, je l'avais délibérément choisie, mais les obstacles que j'avais rencontrés m'avaient été proposés sans que je remette en cause l'intérêt de les franchir. J'étais satisfait de ma capacité à les surmonter. Rétrospectivement, je n'en suis pas fier, et j'aimerais te faire partager ce jugement. Mais je m'étais promis de ne rien camoufler. Ce sera plus facile avec des épisodes moins anciens.

Vertu de la révolte

L'éloignement dans le passé rend les souvenirs moins sûrs, même si les détails paraissent resurgir nombreux. Peut-être, dans quelque dessein inconscient, ai-je trahi la réalité en te décrivant cet épisode lointain. Je peux espérer être plus rigoureux à propos d'un événement auquel j'ai participé un demi-siècle plus tard et qui m'apparaît comme un épisode exactement aux antipodes du précédent.

Le décor a changé. Il ne s'agit plus de la France vaincue, occupée, soumise, où chacun s'efforce de survivre en attendant des jours meilleurs, mais d'une France sortie des tourmentes, en paix, opulente, où il est possible d'apporter à tous les moyens d'une vie digne.

Le personnage lui aussi est transformé. Il s'agit bien sûr du même individu, mais plus d'une demi-vie s'est écoulée, charriant satisfactions et épreuves, heureuses surprises et désillusions, provoquant des rencontres décisives ; le contraste avec celui que je viens d'évoquer est si marqué que j'ai peine à le reconnaître.

Au cours du printemps 1996, quelques centaines de personnes venues d'ailleurs et dépourvues des papiers justifiant leur séjour en France ont cherché une solution leur permettant de sortir d'une situation intolérable : être en permanence à la merci d'un contrôle d'identité qui peut déclencher une procédure et aboutir finalement à leur reconduite à la frontière. Lorsque l'on a une famille installée en France depuis plusieurs années, comment accepter cette épée de Damoclès qui rend tout projet impossible ? Sans ces fameux papiers, ces hommes et ces femmes ne peuvent trouver que du travail « au noir » et sont les victimes impuissantes des pires exploiteurs. Solidaires dans la misère, ils n'ont pas trouvé d'autre issue que d'attirer l'attention sur leur situation par des actions spectaculaires. Lorsque les Français verraient à la télé le scandale de leur sort, certainement ils réagiraient et exigeraient le changement d'une législation inadaptée aux réalités d'aujourd'hui. Du moins le croyaient-ils.

On peut certes penser que leur espoir était bien naïf. Mais leur attitude révèle une certaine « idée de la France » qui mérite pour le moins la sympathie. Naïve également a été leur croyance en une vieille coutume française que leurs enfants avaient apprise à l'école : les églises sont des lieux sacrés dans lesquels les forces de police n'ont pas le droit de pénétrer. On raconte ainsi des histoires édifiantes de gens injustement accusés qui ont pu échapper à un châtiment immérité en se réfugiant dans une église. Décidément, l' « idée de la France » de ces étrangers était construite sur de beaux sentiments.

Ils se sont donc installés un beau jour, par surprise, dans une église de l'est de Paris, Saint-Ambroise. Mais le curé de la paroisse a vu en eux des intrus qui bouleversaient le bon ordre des cérémonies. Avec l'accord de l'archevêque, ce prêtre a agi plus en gestionnaire qu'en dépositaire du message du Christ. Il a requis les forces de police qui se sont empressées de chasser hommes, femmes et enfants. Après quelques semaines d'une errance de plus en plus désespérée de locaux de gymnases en entrepôts désaffectés, ces familles, pour la plupart originaires d'Afrique noire, se sont installées à Saint-Bernard, une église du XVIIIe arrondissement, proche des voies ferrées de la gare du Nord.

Il se trouve que le curé était en train de préparer son sermon du dimanche suivant lorsqu'on est venu lui apprendre que son église était envahie. Son premier réflexe a été de réagir en homme raisonnable, ennemi du désordre, qui sait faire respecter les règles ; une église est un lieu fait pour la prière, non pour l'installation de familles ayant pour certaines de nombreux enfants. Les problèmes sanitaires seraient insolubles. Il était prêt à adopter la même attitude que son collègue de Saint-Ambroise. Mais il avait sous les yeux le début de son sermon ; celui-ci tirait les leçons d'une phrase de l'Evangile : « J'étais un étranger, et vous m'avez accueilli. » Comment rester cohérent avec soi-même, en glorifiant l'accueil dans son discours et en repoussant dans ses actes ceux qui demandent à être accueillis ? Il a donc décidé de ne pas faire intervenir les forces de police et d'organiser au mieux cette occupation.

Aux yeux de l'opinion, c'est l'attitude de l'Eglise tout entière qui se transformait ; elle se mettait enfin aux côtés des opprimés, pour la simple raison qu'ils étaient opprimés. L'alliance classique « du sabre et du goupillon » semblait se lézarder, permettant de rêver au jour où cette lézarde deviendrait un fossé. Simultanément, son attitude contribuait à modifier le regard sur les édifices religieux. Tout en restant des lieux de prière où l'on se rassemble pour les offices, ils devenaient surtout des lieux de solidarité où l'on se retrouve pour défendre une cause commune. Ils n'en étaient que plus sacrés, car ce qui en fait véritablement une « maison de Dieu » est moins la possibilité d'y pénétrer pour implorer une intervention divine que de s'y réunir pour participer à l'émergence d'une conscience collective.

Naturellement, la situation acceptée par ce curé n'était pas du goût des autorités, Premier ministre et ministre de l'Intérieur en tête. Mais faire pénétrer dans l'église des brigades de CRS sans y être invité par celui qui a les locaux en charge risquait de choquer la sensibilité d'une partie de la population. Laisser les choses en l'état était faire preuve de laxisme et déplairait certainement à une autre partie de la population. Comme l'objectif de ces hommes politiques est de plaire au plus grand nombre, le débat était cornélien. Pendant quelque temps, le pouvoir a pensé qu'il était urgent d'attendre et a laissé pourrir la situation, espérant la lassitude des familles occupantes et de leurs soutiens. Il ne s'est rien passé durant quelques semaines, mais il était évident que l'orage se préparait.

Le véritable problème n'était pas, comme le ressentaient les politiques, les répercussions de l'événement sur les prochaines élections, mais le sort de ces familles ; leur sort immédiat, car les conditions de vie dans cette église n'étaient guère compatibles avec les soins nécessités par les enfants ; leur sort à long terme, car il fallait qu'une fois l'occupation terminée, ces gens aient un statut respectueux des droits de tout être humain. L'objectif de ceux qui leur sont venus en aide était de modifier à la fois l'opinion générale à propos de l'immigration et la législation qui la réglemente. Il fallait donc peser de tout le poids possible en bénéficiant de la couverture médiatique de l'événement.

Notre société est ainsi faite qu'absurdement certains noms, certaines têtes, ont un poids supérieur à d'autres. Ces gens forment l'équivalent d'un nouveau groupe social, bien mal défini, dispersé, hétéroclite, ce sont les « personnalités ». On y trouve aussi bien des vedettes de cinéma ou de télévision que des héros de faits-divers, des journalistes connus ou même quelques « chers professeurs », pour peu qu'ils aient attiré l'attention par des livres à succès.

Il se trouve que mes publications concernent une discipline scientifique, la génétique, qui passionne le public presque autant que l'astronomie ; certains de mes livres ont bénéficié d'une bonne diffusion ; les émissions auxquelles j'ai participé ont été regardées ; bref, je suis connu d'un grand nombre ; beaucoup moins que la plupart des chanteurs, mais un peu plus que nombre de mes collègues. Pas de quoi bêtement pavoiser, de quoi pourtant devenir plus efficace lorsqu'il s'agit de participer à la défense d'une cause importante où la notoriété peut jouer le rôle d'une arme. Cette participation est une occasion supplémentaire d'être interrogé par des journalistes, et crée un effet boule de neige ; elle accentue une stature de personnage connu, et améliore la position dans le palmarès des « personnalités ». Par un mécanisme plus subi que voulu, la notoriété nourrit ainsi la notoriété ; jusqu'au jour où, la mode changeant, les plus connus retombent dans l'oubli.

Si accidentelle, hasardeuse, arbitraire soit cette très provisoire célébrité, elle est un fait qu'il est de bonne guerre d'utiliser. Cela n'a pas échappé à quelques associations qui s'efforcent de lutter pour venir en aide aux plus démunis. Droits devant !, Droit au logement, le Comité des sans-logis, l'Apeis m'ont demandé de faire partie de leurs comités de soutien. Lorsqu'il a fallu venir en aide aux familles réfugiées à Saint-Bernard, il a paru nécessaire d'utiliser cette arme. Je me suis ainsi retrouvé pendant une semaine dormant dans mon sac de couchage sur le sol, fort dur et froid, de la chapelle du Saint Sacrement.

Nous y étions nombreux. Le cancérologue Léon Schwartzenberg, les actrices Marina Vlady et Emmanuelle Béart, Jacques Gaillot, évêque en délicatesse avec l'Eglise, des militants politiques, des anonymes se relayaient pour constituer un barrage entre le gouvernement et ces gens à qui tous les droits semblaient refusés puisqu'ils étaient « sans-papiers ». Pour empêcher les autorités de jouer la carte du pourrissement, une dizaine de ces « sans-papiers » avaient entrepris une grève de la faim avec la ferme volonté d'aller jusqu'à son terme. C'était pour eux le seul moyen d'obtenir que leur revendication ne s'enlise pas dans l'indifférence d'une opinion publique démobilisée par les vacances.

Les semaines passant, la faiblesse de ces grévistes de la faim devenait inquiétante ; des contacts officieux étaient noués avec certains membres du gouvernement afin de trouver une issue honorable pour tous. Il ne s'agissait pas pour les familles et leurs soutiens d'obtenir une victoire politique sur le parti au pouvoir ; il s'agissait d'améliorer durablement leur sort. Ces contacts semblaient si près d'aboutir que le ministre de la Solidarité m'a un jour téléphoné pour m'assurer que les choses allaient être réglées et que je pouvais, sans trahir la cause, dormir la nuit prochaine plus confortablement chez moi ; aucune intervention musclée des « forces de l'ordre » n'était à craindre.

J'ai suivi son conseil et accepté de participer à l'émission matinale du journal de France 2. En arrivant dans le salon de maquillage, j'étais assez content d'être mieux informé que les journalistes et de leur affirmer, de source sûre, que tout serait calme ce jour-là à Saint Bernard.

J'entrais dans le studio d'émission lorsque les écrans ont montré des nuées de CRS partant à l'assaut de l'église, démolissant ses portes à coups de hache, bousculant femmes et enfants, faisant enfin régner leur « ordre ».

Je me suis senti envahi par une colère qui me possédait, que rien ne pouvait endiguer, qu'il me fallait laisser exploser. J'avais été trompé ; tous ceux qui avaient tenté des médiations avaient été floués ; le visage de la France officielle n'était plus qu'une affreuse grimace menaçante ; j'avais honte. Mon dégoût, ma colère, mon écœurement, je les ai manifestés avec une telle violence, mais surtout une telle évidente sincérité, que les responsables de l'émission n'ont pu m'interrompre. Je crois d'ailleurs qu'ils partageaient ma réaction et étaient assez satisfaits que ces choses soient dites.

J'ai rappelé l'attitude du cardinal Saliège. A l'époque où le gouvernement de Vichy persécutait les juifs, il avait fait lire dans les églises du diocèse de Toulouse un texte rappelant qu'au-dessus des lois des Etats, il y a la Loi humaine, et qu'il faut parfois désobéir à celles-là pour respecter celle-ci. J'ai évoqué la position de De Gaulle mettant fin en 1962 à la grève de la faim du pacifiste Louis Lecoin en lui promettant de mettre en chantier une loi reconnaissant l'objection de conscience. Je me suis surtout adressé aux forces de police en pleine action, pour affirmer que le fait d'obéir aux ordres ne justifie pas d'accepter d'être un outil accomplissant des actes déshonorants ; la rafle du Vél' d'hiv' en 1942 avait coûté leur honneur à leurs prédécesseurs. Le président de la République lui-même avait stigmatisé les policiers parisiens qui l'avaient organisée et exécutée ; pourtant, ils n'avaient fait qu'obéir aux ordres. J'appelais donc à la désobéissance ceux qui, munis de haches et de grenades lacrymogènes, allaient à l'assaut des occupants pacifiques de Saint-Bernard.

Cette explosion de colère m'a suscité beaucoup d'ennemis, et d'amis.

Du côté des amis, j'ai eu la surprise d'en découvrir bien au-delà de l'hexagone français. La chaîne TV5 a pour fonction de rediffuser sur tous les continents, particulièrement dans les pays francophones, les émissions importantes des autres chaînes. Celle où, oubliant les caméras, j'ai manifesté en direct ma colère, a été rediffusée à plusieurs reprises, ce qui est signe d'une certaine malice des responsables de cette chaîne à l'égard du pouvoir. Quelques semaines plus tard, de passage à Casablanca, j'ai été arrêté de nombreuses fois dans la rue par des Marocains me reconnaissant : « Merci d'avoir défendu les étrangers dans votre pays. »

Du côté des ennemis, ou plutôt des adversaires, cette émission m'a valu un procès intenté par un syndicat de policiers qui s'estimait outragé par le rappel de la rafle du Vél' d'hiv' et diffamé par mon appel à la désertion. Ils n'avaient sans doute pas en mémoire la première Constitution de la République, celle de juin 1793, l'An II. Son article 35 exprime l'essentiel : « Quand le gouvernement viole les droits du peuple, l'insurrection est, pour tout le peuple et pour chaque portion du peuple, le plus sacré des droits et le plus indispensable des devoirs. »

Cette inculpation a donné l'occasion au tribunal de Paris d'analyser, avec la subtilité que manifeste le langage des juristes, les rapports entre devoir de discipline et respect de l'éthique. Sa conclusion a été de débouter ce syndicat de sa plainte, car le point de vue que j'ai exprimé affirmant que « les pouvoirs publics n'auraient pas respecté, au-delà d'une apparente légalité, les normes supérieures de la loi humaine [...] » était légitimement exprimé. En termes juridiques, il redonnait actualité à la Constitution de 1793.

Déçus, ces représentants des forces de l'ordre ont fait appel de cet arrêt. La cour d'appel de Paris a confirmé le premier jugement en estimant que mes propos « s'inscrivent dans le cadre d'une libre critique des actes de l'autorité publique » et que « l'évocation de la rafle du Vél' d'hiv' n'est que le rappel d'un événement historique tragique destiné à susciter la réflexion et, selon son auteur, une prise de conscience ».

Voilà une décision dont j'espère qu'elle aura fait largement jurisprudence. Il n'est pas mis en doute qu'une discipline collective, une soumission à des règles de vie en commun soient nécessaires. Elles ne sont cependant que des mises en pratique quotidiennes de principes plus essentiels concernant le droit des personnes.

Qu'un tribunal, après en avoir longuement délibéré, ose justifier l'appel à la désobéissance, m'a paru une victoire autrement plus décisive que tous les succès individuels. Ce n'était nullement « ma » victoire. L'avocat qui avait argumenté à ce propos avec rigueur, véhémence et passion, Jean-Jacques de Félice, y avait eu la plus grande part. C'était surtout une victoire pour toute la société appelée au passage à réfléchir à un meilleur équilibre entre l'ordre et le désordre. L'action des « sans-papiers » qui ont osé prendre de grands risques pour attirer l'attention de l'ensemble de l'opinion sur une situation inacceptable a été finalement bénéfique pour tous. Y avoir participé me satisfait plus que tous les succès recherchés cinquante ans plus tôt.

Au-delà du cas particulier de Saint-Bernard, bien anecdotique, c'est toute l'attitude d'une communauté qui est en cause. Et je retrouve ici le thème du premier souvenir évoqué. A dix-huit ans, j'avais été comblé par ce que je ressentais comme une victoire personnelle. J'avais cru faire un choix délibéré, affronter des obstacles que je m'étais désignés, progresser vers l'autonomie. J'avais alors certes « gagné », mais sans me rendre compte que la véritable victoire aurait été la remise en question des règles du jeu. Mes succès étaient dus à ma capacité à comprendre ce que les programmes me demandaient de comprendre, à absorber la nourriture proposée ; j'avais accepté l'attitude demandée à l'enfant : « mange ta soupe » ; j'avais respecté l'ordre établi et, par mon acceptation, je l'avais conforté.

Avec ce comportement, celui qui veut avant tout « réussir » entre à Polytechnique ou à l'ENA, il fait une belle carrière, il peut justifier le sort confortable que lui accorde la société par l'efficacité de son action. Oui, il est un bon ingénieur, un bon scientifique, un bon gestionnaire ; il est compétent, il est honnête. Il a bien mérité sa Légion d'honneur. Il fait partie de l'élite.

En réalité, son rôle est celui d'un soutier du *Titanic*, lançant avec vigueur des pelletées de charbon dans la chaudière pour accélérer la « marche » vers l'iceberg.

Se contenter d'être efficace, c'est ne pas se demander au service de quel demain est mis l'effort d'aujourd'hui ; c'est trahir sa condition d'homme.

Un demi-siècle plus tard, j'ai enfin compris qu'en chaque acte, l'important est sa finalité. J'aimerais t'aider à en prendre conscience avec moins de retard, à être capable dès maintenant de ne pas laisser tes succès t'aveugler.

Eloge de la non-obéissance

Rassure-toi, je ne vais pas t'ennuyer en imitant les anciens combattants qui racontent leurs campagnes. Ce ne sont d'ailleurs pas « mes » campagnes, mais des événements provoqués par de nombreux militants qui donnent beaucoup de leur temps et de leur énergie aux combats qui leur semblent essentiels et qui me proposent parfois d'y participer. Lorsqu'on me demande pourquoi j'ai été mêlé à telle action qui a eu une place importante dans les médias, je réponds avec sincérité que « je ne l'ai pas fait exprès ». Ce n'est pas pour adopter l'attitude d'un gamin pris en faute ; c'est tout simplement la vérité. Les initiatives viennent d'authentiques « défenseurs des droits de l'homme », qui seraient bien étonnés d'être présentés ainsi. Ce n'est pas au nom de ces belles paroles ronflantes qu'ils agissent, c'est par impossibilité d'accepter des situations qui sont à leurs yeux inacceptables. Moi, bien au chaud dans ma « réussite » sociale, il m'est facile de ne pas en être scandalisé, il me suffit de m'arranger pour ne pas même les voir, de rester dans l'inconscience du sort fait à certains, d'accepter le sommeil d'une conscience tranquille.

J'ai la chance de rencontrer des éveilleurs. Ils

me mettent en face de réalités que mon désir de confort rend facilement invisibles et devant lesquelles pourtant, lorsque enfin on les découvre, il est impossible de rester indifférent.

Permets-moi encore un souvenir ; celui de l'« affaire du dragon ». Ce mot évocateur de mystère et de violences est ici le nom d'une petite rue du quartier Saint-Germain-des-Prés où Droit au logement a opéré son squat le plus médiatique un dimanche de décembre 1994. J'en avais été informé quelques jours auparavant. Rendez-vous est donné à l'entrée du métro Châtelet. Quelques centaines de personnes s'y rassemblent, dont de nombreuses familles qui désespèrent d'obtenir un logement décent par les voies légales. Devant leur impatience, les autorités répondent : « Inscrivez-vous à la mairie et attendez votre tour ». En fait, attendre son tour, c'est être sûr de ne pouvoir jamais assurer un abri à sa famille ; il n'y a pas vraiment de « tour » quand le délai d'attente se mesure en dizaines d'années.

Entourés de leurs enfants, emportant quelques baluchons, des couples sachant d'expérience que les voies officielles ne leur fourniraient jamais de solution s'enfoncent dans le métro accompagnés des militants de DAL. Seuls quelques responsables peu bavards savent la destination ; il est impératif d'occuper les lieux avant l'arrivée des flics. Le secret est rigoureusement gardé ; quelques fuites contrôlées orientent vers des quartiers lointains les soupçons de la préfecture. Pour semer les policiers des Renseignements généraux chargés de nous surveiller, le groupe, suivant son guide, passe d'une ligne de métro à l'autre, débouche finalement sur la place Saint-Germain-des-Prés, traverse en courant le boulevard, s'engouffre dans l'étroite rue du Dragon et pénètre dans un immense immeuble, vide depuis plusieurs années.

L'affaire a été remarquablement préparée. Il suffit de pousser le grand portail en fer pour entrer sous le porche et investir la cour. Aucune effraction n'est nécessaire ; les serrures, allez savoir depuis quand, n'étaient pas fermées. Dans l'excitation, tous parcourent ces locaux et en découvrent l'étendue : en plus d'une soixantaine de logements en excellent état, dix mille mètres carrés de bureaux et de salles de classe ; l'immeuble était autrefois occupé par un cours privé pour jeunes filles de bonnes familles (Simone de Beauvoir en a été l'élève la plus célèbre). Et tout cela est neutralisé depuis des années, au cœur de Paris, par la grande banque qui en est propriétaire et qui, plutôt que de mettre cet immeuble en location, préfère attendre l'occasion d'une juteuse opération immobilière.

Que faire d'un tel espace dont les occupants se sentent provisoirement gestionnaires ? Mille projets d'utilisation sont aussitôt proposés. Les animateurs des multiples associations qui ont participé à l'événement imaginent combien leur activité serait facilitée s'ils disposaient de locaux aussi étendus. Encore faut-il que l'occupation ne soit pas trop éphémère.

L'arrivée de l'abbé Pierre, prévenu et accouru de Normandie en hélicoptère (il précise « à mes frais ») est saluée par des applaudissements enthousiastes. Aussitôt il appelle l'hôtel Matignon, joint le secrétariat du Premier ministre, et obtient l'engagement d'être reçu immédiatement par M. Balladur.

L'abbé, Jean-Baptiste Eyraut, fondateur de

DAL, et Jean-Jacques de Félice, avocat dont j'ai déjà évoqué l'efficacité, toujours prêt à défendre la cause des plus démunis, montent dans ma voiture, et les portes de Matignon s'ouvrent devant nous. Arrivé dans la cour, je quitte le volant et me précipite pour aider l'abbé à descendre, sans prendre garde aux chaînes de télé à l'affût dans la cour. Quelques semaines plus tard, cet épisode m'a valu une remarque d'un chauffeur de taxi : « Je vous connais. Mais qui êtes-vous ? » Il cherche dans sa mémoire et soudain : « Je sais. Vous êtes le chauffeur de l'abbé Pierre ! » Ce qui s'est traduit par une course gratuite.

Immédiatement, M. Balladur nous reçoit et, avec toute la courtoisie dont il est capable, nous promet de ne pas envoyer les forces de police nous déloger, contre l'engagement que nous quitterons les lieux dès que les familles occupantes auront été relogées. Par contre, lorsque j'évoque l'utilisation des locaux scolaires pour installer les diverses associations qui ont appuyé notre action, il flaire aussitôt le piège et refuse toute promesse.

Il comprend que cette installation serait plus dangereuse pour le pouvoir que le squat banal d'appartements vides. Ces soixante familles trouveront finalement un logement et l'affaire sera vite oubliée. Laisser agir et s'exprimer au cœur même de Paris des personnages qui mettent en question l'ordre établi est autrement plus inquiétant.

Avec la bénédiction du Premier ministre, les familles se sont donc installées dans les appartements. Une conséquence inattendue de l'opération a été que dès le lendemain, le maire de Paris, Jacques Chirac, a annoncé sa décision de réquisitionner au profit des familles sans logis certains des nombreux immeubles vides de la capitale. D'après le dernier recensement, ils totalisaient alors plus de 100 000 appartements. Depuis des mois, DAL avait organisé des défilés sur le thème de la réquisition ; bannière en tête, nous parcourions le boulevard de la Bastille ou faisions un sit-in devant la préfecture en criant le slogan « Application de la loi de réquisition ». En effet, une loi du premier gouvernement de De Gaulle permettait cette opération ; elle était tombée dans l'oubli. Les gens sérieux qui sont au pouvoir nous expliquaient que les conditions avaient changé, que cette loi ne correspondait plus aux réalités, que s'y référer serait mal vu des propriétaires, mille bonnes raisons pour ne rien faire.

L'attitude de compréhension d'Edouard Balladur lors de l'épisode de la rue du Dragon lui donnait l'image d'un homme ouvert, proche des préoccupations des gens les plus démunis ; peut-être, allaient penser certains citoyens, pourrait-il être un bon président. Or, les élections approchaient. Ce n'est pas faire preuve de mauvais esprit que d'imaginer que ce raisonnement s'est inséré dans les rêves du maire de Paris durant la nuit suivante. Le résultat, en tout cas, était là : Chirac découvrait soudain les vertus de la réquisition. Certes les réalisations n'ont pas été, par la suite, à la hauteur des promesses, mais un pas dans la bonne direction a été accompli.

L'accord du Premier ministre pour l'occupation provisoire des appartements n'a pas été étendu aux anciennes salles de classe investies par de multiples associations. Malgré ce manque d'autorisation, elles y étaient cependant à l'abri ; la police pouvait difficilement faire évacuer ces locaux sans s'en prendre aux appartements.

Symboliquement, l'évêque Jacques Gaillot, toujours en froid avec le Vatican, a installé sa chambre dans l'une de ces classes. Affecté à l'évêché virtuel de Parténia, une ville de Mauritanie disparue depuis des siècles, il se retrouvait au milieu des siens et se proclamait l'évêque des exclus.

Certaines de ces associations ont été créées pour la circonstance, dans l'excitation d'un moment où les limites du réalisable semblent reculer. La réussite sans coup férir de l'opération libérait les imaginations ; un quart de siècle après 68, l'espoir renaissait ; pourquoi ne pas tenter l'impossible ? Des groupes se constituaient pour mettre en place une université populaire où les détenteurs du savoir viendraient le partager ; pour mettre à la disposition de tous des conseillers juridiques apportant leur compétence, aidant à se frayer un chemin dans le maquis des règlements et des lois ; pour donner la parole à tous ceux qui en sont le plus souvent privés. Ainsi est née l'association Droits devant !, dont l'intitulé est significatif : c'est devant nous, en préparant demain, qu'il faut définir et défendre les multiples droits qui fondent notre humanitude, droit au savoir, droit aux soins sinon à la santé, droit au respect, droit au choix de son pays d'adoption pour ceux que la misère ou l'oppression chassent de chez eux ; certains ajoutaient : droit à la paresse.

L'effervescence, l'enthousiasme étaient contagieux. Mais, je dois le reconnaître, l'usure du temps a été rapide ; les réalisations n'ont guère répondu aux espoirs jaillis dans l'exaltation du succès initial. Je suis de ceux qui n'ont pas su nourrir cette flamme au départ si brillante, source d'une chaleur si bienfaisante. Je n'y ai pas consacré les forces et le temps qu'il aurait fallu, sans doute par manque de courage devant des engagements dont les limites ne sont pas claires. Je me demande, après cette expérience, s'il n'est pas néfaste de faire miroiter un projet sans apporter les moyens de l'atteindre, tout au moins de s'en approcher. Certaines déceptions sont peut-être plus douloureuses, plus destructrices, que l'acceptation sans illusion d'un avenir déjà écrit.

J'oublie, en écrivant cela, que tu es un adolescent ; je me laisse aller à un scepticisme dû sans doute à mes soixante années supplémentaires. Là, tu me prends en flagrant délit de manque d'espoir. Ce n'est qu'une erreur passagère, que je vais m'efforcer tout de suite de gommer. Le doute doit être présent, mais il ne doit pas inhiber l'action. Même les échecs, surtout les échecs, sont riches de leçons.

La comparaison des deux événements, squat du Dragon en 1994, occupation de Saint-Bernard deux années plus tard, est lourde de constats. L'amabilité, à vrai dire inattendue, du Premier ministre dans le premier cas n'a probablement pas été due à un désir authentique de donner un logement à de pauvres gens. Elle a été le signe d'une crainte de déplaire à l'abbé Pierre dont les colères étaient alors redoutées par les gouvernants, car il était régulièrement en tête de la liste des personnalités aimées des Français. Quelques mois plus tard, à la suite de paroles malheureuses, son auréole s'est ternie ; nombreux ont été ceux qui se sont acharnés à déboulonner l'idole. Du coup, son pouvoir auprès des hommes politiques a été amoindri. Peut-être Edouard Balladur aurait-il été moins compréhensif face à un abbé moins populaire.

A Saint-Bernard, où l'abbé ne s'est pas trouvé en première ligne, ceux qui ont voulu aider les « sans-papiers » ont commis une erreur totale de stratégie. Ils croyaient que leur présence protégerait les familles en attirant les télés qui montreraient à l'opinion la brutalité des forces de l'ordre. Au contraire, cette présence a attiré la foudre, car l'intérêt du pouvoir était justement, à cette époque, de se montrer brutal. L'assaut final a été décidé non pas parce que les choses traînaient en longueur et qu'il fallait en finir, mais justement parce qu'une solution était en vue et que l'occasion de plaire à la partie de l'électorat qui apprécie les solutions de force allait être perdue. Voir les CRS faire déguerpir femmes et enfants après s'être frayé un chemin à coups de haches a horrifié quelques âmes sensibles, mais beaucoup plus nombreux ont été ceux qui, sur le moment, ont approuvé ce gouvernement « fort », capable de débarrasser une église d'une invasion de gens venus d'ailleurs et qui (mais cela, on n'osait pas trop le dire) n'avaient même pas la peau blanche. Les sondages ont montré que le coup avait été bien calculé, au moins provisoirement. En justifiant une action par la nécessité de « rétablir l'ordre », le pouvoir joue le plus souvent sur du velours.

Décidément, les rédacteurs de la Constitution de 1793 ne s'étaient pas trompés de cible en évoquant le devoir d'insurrection. Cette seconde Constitution avait été rendue nécessaire par l'impossibilité de mettre en œuvre la première, celle de 1791, car elle n'avait pas prévu le cas où la nation devrait affronter une guerre. Abolissant la royauté, le nouveau texte faisait de la France une République. Le souci des rédacteurs était à la fois de faire face à l'invasion, de garantir les droits de l'Homme et de se prémunir contre toute forme d'oppression. D'où le célèbre article 35 que j'ai rappelé.

Dans une collectivité, le respect des lois est évidemment nécessaire, mais l'obéissance n'est pas la vertu première, car l'ordre n'est pas une fin en soi. Jusqu'à il y a peu, les jeunes Français étaient astreints au service militaire ; la première phrase du règlement qu'ils devaient apprendre par cœur était : « La discipline est la force principale des armées ». Si ce constat est exact, il suffit à mettre en doute la fonction pédagogique de l'armée. Ta génération, comme celles qui atteignent la majorité aujourd'hui, aura heureusement échappé à cet endoctrinement.

Ne pas obéir n'est généralement pas une solution de facilité ; nombreux sont ceux qui préfèrent la douce passivité de la soumission à l'inquiétude souvent douloureuse des remises en cause. Car le refus doit être justifié. Pour reprendre les termes de 1793, l'insurrection ne peut être considérée comme un droit que si elle est ressentie comme un devoir. Il s'agit donc d'assumer une responsabilité. Ce n'est pas confortable, mais c'est le prix de la liberté.

Un nouveau regard

Il est temps de parler de toi. Ce qui m'oblige à faire quelques hypothèses sur l'état du monde en 2025. Je sais combien cet exercice est périlleux, surtout en des périodes aussi instables. Je m'expose à ton sourire narquois en décrivant ce qu'imagine de ce futur un homme de l'an 2000. Je vais commencer par le plus facile en évoquant ce que sera sans doute devenu le regard de la science : comment décrira-t-elle alors le monde ? Que t'apprendra-t-on au lycée et, bientôt, à l'université ? De façon apparemment paradoxale, je suis persuadé que ce regard n'aura guère changé, justement parce qu'il a été transformé dans ses définitions les plus fondamentales au cours de ma propre existence.

Mon siècle a été, pour la recherche scientifique, un siècle de prodigieux bouleversements ; il est donc probable que cette effervescence sera suivie d'une période plus tranquille, car l'histoire nous montre que les avancées décisives se produisent par vagues. Le XXe siècle a été, en ce domaine, plus riche que la Renaissance, il ne serait pas surprenant qu'un temps de repos lui succède. Certes, la compréhension de la réalité poursuivra ses progrès, mais (j'ose en faire le pronostic) les remises en cause conceptuelles seront moins nombreuses et surtout moins radicales. Après le grand chambardement qu'a vécu ma génération, une mise en ordre, un retour au calme, suffiront, je crois, durant plusieurs décennies au bonheur des chercheurs.

Dans cet exercice de prévision, il est facile de m'opposer le mauvais exemple donné par lord Kelvin, l'un des physiciens les plus féconds du XIXe siècle (tu le sais, son nom a été donné à la mesure de la température absolue). Vers 1890, il s'est aventuré à estimer que tout ce qui pouvait être trouvé en physique avait déjà été exploré, seules quelques mises au point de détail restaient à faire. La physique était, selon lui, une discipline dont l'achèvement était pratiquement accompli. Il donnait donc aux étudiants le conseil de s'orienter vers d'autres domaines de la recherche. Quelques années plus tard, tout était remis en question : Becquerel et les Curie découvraient la radioactivité, puis Max Planck jetait les bases d'une nouvelle discipline, la physique quantique. Simultanément, pour résoudre le paradoxe de la vitesse constante de la lumière, Einstein bouleversait le concept central des sciences de la nature, la matière première de tous les processus, le temps. Loin d'être achevée, la physique devenait un espace immense d'exploration. Un siècle plus tard, elle est décrite dans les manuels que tu étudies en des termes totalement nouveaux.

Malgré ce fâcheux précédent, j'ose avancer l'hypothèse que tu recevras un enseignement scientifique proche de l'actuel. La compréhension à laquelle la science vient de parvenir est si nouvelle et si récente qu'il faudra plusieurs générations pour reconstituer une vision cohérente tenant compte, dans chaque domaine, des découvertes obtenues dans tous les autres. Plus long encore sera le délai nécessaire pour mettre au point les méthodes pédagogiques permettant de transmettre cette vision. Ce sera déjà un beau succès pour le système scolaire d'être en 2025 en phase avec l'état de la science en l'an 2000.

Présenter le XXe siècle comme une période de renaissance peut choquer ceux qui ont en mémoire les horreurs commises délibérément par certains dictateurs ou les injustices acceptées sournoisement par une multitude de mes contemporains. Mais je n'évoque ici que l'activité scientifique. Dans ce domaine du moins, l'enthousiasme est justifié ; je ne crois pas qu'il soit dû à un effet d'optique donnant une importance démesurée aux découvertes récentes. En profondeur, tout a changé dans le discours de la science ; de nouvelles avenues ont été ouvertes ; il est probable que les efforts à venir consisteront à les explorer plus qu'à en ouvrir d'autres. En voici trois exemples.

L'UNIVERS A UNE HISTOIRE

Lorsque je suis né, tous les scientifiques admettaient comme une évidence la stabilité de l'univers. Einstein lui-même s'était cru obligé, en 1916, d'apporter une correction à l'équation fondamentale de la relativité générale de façon à la rendre compatible avec cette stabilité. A la fin des années 20, il a fallu se rendre à l'évidence, le cosmos n'est pas dans un état stable : les galaxies s'éloignent les unes des autres ; l'univers se dilate ; son état d'aujourd'hui n'est qu'une étape intermédiaire entre celui d'hier, plus petit, et celui de demain, plus étendu. Une des conséquences rapidement mises en évidence est que, en remontant suffisamment loin dans le passé, l'univers a eu, en un certain instant, une dimension nulle, d'où l'évocation d'une fabuleuse explosion, le big-bang, événement fondateur du cosmos, origine à la fois de l'espace, des objets qui s'y meuvent et du temps généré par ces mouvements.

Notre esprit est habitué à imaginer des événements qui ont la capacité de séparer la durée en un « avant » et un « après ». Cette distinction est à la base de notre perception de l'écoulement du temps. Or, le big-bang ne peut avoir d'avant, puisque la succession des instants nécessite que des faits se produisent (ne serait-ce que le tic-tac d'une horloge égrenant des secondes). Mais, tant que le big-bang ne s'était pas produit, aucun fait ne pouvait surgir, faute d'objets capables de le générer. Doté d'un après mais pas d'un *avant,* il n'est donc qu'un pseudo-événement, et nos raisonnements risquent fort de nous fourvoyer lorsque nous le traitons comme un événement ordinaire.

Cette difficulté, et aussi l'aspect pittoresque du mot qui lui a été associé (en français, le « gros boum »), ont frappé les esprits. La découverte de l'expansion du cosmos est le plus souvent résumée par l'évocation de ce big-bang. En fait, la révolution conceptuelle qu'a provoquée cette découverte est beaucoup plus radicale et entraîne des conséquences étranges pour notre vision de nous-mêmes.

Ainsi le concept de création doit-il être remis sur le chantier. Il apporte une réponse illusoire à la difficulté insurmontable provoquée par l'absence d'*avant-big-bang*. Il suppose en effet que cette création est véritablement un événement, donc qu'elle est dotée d'un avant : la période au cours de laquelle le Créateur existait mais n'avait pas encore effectué l'acte de créer. Il suffit d'admettre que celui-ci, « un jour », décide de mettre fin au néant. La difficulté n'est donc pas résolue, elle est simplement reportée sur l'origine de ce Créateur.

Contrairement à ce qui avait toujours été accepté comme une évidence, du moins par nos cultures, nous devons maintenant admettre que l'univers n'est pas un cadre immuable. Il a une histoire. L'objectif de la science est d'en reconstituer les phases. Et cette histoire se poursuivra. La spécificité des hommes est leur capacité à comprendre que demain existera. Autour d'eux ne se manifeste que la conscience du présent et le souvenir du passé, eux sont obsédés par l'avenir. Cette caractéristique leur apporte un statut unique qui les différencie de tout ce qui a été produit par l'univers. Sachant que la réalité est constituée moins des objets existants que des processus qui les transforment, ils ont la possibilité d'intervenir, au moins localement, sur son devenir.

Le changement de perspective est total. On a peine à imaginer combien l'acceptation de la stabilité du cosmos avait entraîné notre pensée dans des impasses.

Dans la Bible, une expression, plusieurs fois répétée, accentue ce sentiment de stabilité. A la fin de chacune des « journées » au cours desquelles Dieu crée la lumière, la Terre, les végétaux, les animaux, il contemple son œuvre et constate que le résultat est « bon ». Cette autosatisfaction suggère que le Créateur n'a nulle envie de laisser les choses se modifier ; elles ne pourraient que s'éloigner de leur perfection originelle.

Dans cette perception du réel, la durée ne peut être qu'une dimension insignifiante. Le Livre de l'Ecclésiaste va jusqu'à affirmer qu'il n'y a jamais rien de nouveau sous le soleil et en conclut que « tout est vanité et poursuite de vent ». Cette perspective explique que les hommes les plus informés aient pu proposer des évaluations de l'âge de l'univers qui nous paraissent aujourd'hui aberrantes. Dans la pensée judéo-chrétienne, cet âge était de l'ordre de quelques milliers ou dizaines de milliers d'années. Pour Luther, il ne s'était écoulé que 3 960 ans entre la création et la naissance du Christ. L'écart entre cette durée infime et les milliards d'années aujourd'hui admis ne correspond pas seulement au remplacement d'un nombre par un autre. C'est la place de notre espèce dans le monde qui est bouleversée. Autrefois, l'histoire du cosmos et l'histoire de l'homme étaient simultanées ; elles s'étaient déroulées dans le même cadre. Cette illusion a disparu. L'histoire humaine n'est qu'un instant imperceptible de l'histoire de la Terre, elle-même nouvelle venue, apparue tardivement dans l'espace. Cette histoire humaine n'a utilisé jusqu'ici qu'une poussière de temps. La question qui a tant tourmenté les théologiens : « Combien de temps encore l'histoire humaine se poursuivra-t-elle ? » ne peut plus recevoir les mêmes réponses.

Dissociant enfin l'histoire du cosmos de celle des hommes, nous pouvons analyser la première avec plus de lucidité et constater que le rôle du temps a été à l'opposé de ce que nous imaginions. Impressionnés par l'aventure de notre propre personne que la durée peu à peu abîme avant de l'éliminer, nous avons admis que le temps est le grand destructeur. Il est celui contre qui il faut se battre. Cela est vrai pour chacun de nous. Mais cela est faux pour le cosmos. Nous pouvons comparer son état dans le lointain passé et son état actuel et constater que, loin de se détériorer, il s'est remarquablement enrichi. La « purée sans grumeaux » que nous présentent les astrophysiciens lorsqu'ils évoquent les premiers instants de l'après-big-bang n'était guère remarquable à côté de l'actuelle profusion de galaxies, d'étoiles, de planètes, et, sur l'une au moins de celles-ci, d'êtres aux performances fabuleuses. Comment oser traiter le temps de destructeur alors qu'en quinze milliards d'années d'efforts il a été capable de produire ce chef-d'œuvre : toi ?

Sachons le reconnaître, jusqu'à présent le temps a été un merveilleux créateur. Cela va-t-il se poursuivre ? La science laisse actuellement sans réponse l'interrogation sur l'avenir lointain : le cosmos poursuivra-t-il indéfiniment son expansion et se diluera-t-il dans le froid de l'espace, ou bien la phase actuelle d'expansion sera-t-elle suivie d'une phase de contraction conduisant à un « big crunch » symétrique du big-bang ? Notre imagination a le choix entre une durée s'étalant paresseusement, sans fin, dans un espace toujours plus froid ou, au contraire, le choc final d'un temps se heurtant au mur infranchissable d'une température infinie.

Si ton siècle est capable de répondre à cette question, il pourra être crédité d'un apport important qui valorisera celui du XXe capable de bien la poser. Cette réponse, quelle qu'elle soit, n'a d'ailleurs d'intérêt que pour l'aventure de l'univers, non pour l'aventure de notre espèce qui aura quitté la scène bien avant. L'éventuel big crunch ne se produirait que dans quelques dizaines de milliards d'années, alors que dans moins de six milliards d'années l'explosion du soleil mettra un terme au ballet des planètes qui l'entourent, et que l'évolution n'aura pas attendu cette échéance pour faire disparaître Homo sapiens et le remplacer par d'autres espèces. La durée qui nous sépare de cette fin se compte non en milliards mais en centaines de millions d'années ; aucune espèce n'a eu une durée plus longue, pourquoi la nôtre ferait-elle exception ?

A vrai dire, ces perspectives lointaines ne me passionnent guère. Mes interrogations sont plus modestes ; elles se bornent au sort des hommes au cours du millénaire qui commence et que tu inaugures.

Le bouleversement apporté par le constat d'un univers en transformation, et non plus posé comme une donnée stable, a été l'œuvre de ce siècle ; celui qui vient, et sans doute de nombreux autres, auront suffisamment à faire pour en tirer les conséquences.

LA VIE N'EST PLUS DÉFINISSABLE

Les avancées scientifiques connaîtront sans doute également une pause dans la compréhension de ce qu'il est convenu d'appeler les « êtres vivants ».

Le XIXe siècle avait certes révolutionné l'idée que nous nous faisons des diverses espèces en apportant la preuve qu'elles étaient l'aboutissement d'une évolution : chacune représente un rameau d'un arbre généalogique englobant la totalité des êtres vivants. La lutte pour imposer cette vision avait été d'autant plus rude et les oppositions s'étaient exprimées avec d'autant plus de virulence que ce constat était naturellement étendu à notre propre espèce (« si vraiment l'homme et le singe sont cousins, » aurait dit une noble lady citée par Jacques Ruffié, « arrangeons-nous pour que cela ne se sache pas »). Grâce notamment à Darwin, l'évidence de cette origine commune a été si bien démontrée que les autorités morales les plus diverses ont fini par l'admettre. Tel a été le cas en 1996 du Vatican. L'exception la plus notoire est la position de quelques intégristes chrétiens américains aussi moyenâgeux dans leur interprétation de la Bible que les Talibans d'Afghanistan dans leur lecture du Coran. Sans doute sont-ils une minorité, mais leur influence est suffisante pour que certains Etats obligent les écoles à présenter la théorie fixiste comme aussi valable que la théorie de l'évolution. Un recul de la lucidité n'est jamais exclu.

Cependant, dans ce domaine, une révolution plus fondamentale encore a été apportée par le XXe siècle ; il nous a dévoilé une réalité balayant toutes les certitudes d'autrefois. Cette découverte est tout d'abord restée un simple objet de discussions au sein d'un cercle de spécialistes au domaine alors assez fermé, les biochimistes. En 1953, ils ont décrit une molécule, l'ADN, dont la structure, et donc le comportement, expliquent tous les événements, jusqu'alors restés mystérieux, qui se déroulent au sein des êtres vivants, notamment leur capacité à se reproduire ou à procréer. Cette molécule, dont le nom savant est résumé par ses initiales, est soumise, comme toutes les autres molécules, aux mécanismes d'attirance et de répulsion qui régissent le comportement des atomes. Tout ce qui s'y passe au niveau élémentaire est parfaitement banal ; mais l'enchevêtrement des processus mis en place, tous sans mystère pris isolément, aboutit à lui attribuer des capacités exceptionnelles.

Bien que cette molécule ne soit pas plus énigmatique aux yeux d'un chimiste qu'une molécule de benzène ou d'acide sulfurique, sa structure lui apporte deux performances spécifiques, ou, si tu préfères, lui permet d'exercer deux pouvoirs dont elle a l'exclusivité : faire un double d'elle-même et gérer la réalisation d'autres molécules ; elle est à la fois phénix et chef d'orchestre.

Tu as appris à l'école comment l'agencement de deux rubans complémentaires permet l'autoreproduction de l'ADN, et comment l'intervention d'une autre catégorie de molécules, les ARN, provoque la fabrication des protéines qui constituent le matériau dont sont faits les êtres vivants. Tout cela est connu dans les moindres détails. Mais le plaisir de comprendre ces mécanismes compliqués risque de faire oublier le changement essentiel : le mystère de la vie a été ramené à une séquence de processus chimiques.

Le mot « vie » lui-même en devient inutile. Il peut disparaître comme a disparu le mot « phlogistique » lorsque l'on a enfin compris, il y a deux siècles, les mécanismes de l'oxydation. Pour expliquer que le bois ou le charbon puissent brûler en donnant de la chaleur, il était admis par les physiciens du XVIIe siècle que ces substances étaient composées de cendres et d'une réalité mystérieuse, le phlogistique, qui s'échappait durant la combustion et se manifestait sous forme de flammes. Les difficultés rencontrées par cette explication étaient balayées en admettant que ce phlogistique n'était pas réellement une substance, ayant une structure et un poids, mais un « principe ». En fait, ce n'était qu'un mot dont l'usage camouflait l'incapacité à expliquer les faits observés.

Ce mot « vie », qui joue dans notre pensée un rôle autrement plus fondamental que celui de phlogistique, n'est lui aussi qu'un cache-misère conceptuel. Il suffit, pour constater le flou du concept évoqué, de chercher la définition du mot dans les dictionnaires : « vie : fait de vivre, propriété des êtres qui évoluent de la naissance à la mort ». On ne saurait mieux avouer l'impossibilité d'échapper au cercle vicieux des mots définis les uns par les autres, chacun n'ayant de sens que par renvoi au sens d'un autre.

La découverte de l'ADN élimine toutes ces difficultés en rendant sans objet la distinction entre les objets inanimés et les êtres vivants, ou plutôt en fondant cette distinction non sur un « principe vital », mais sur la présence d'une molécule sans mystère. Peut être qualifié de « vivant » tout objet qui possède cette molécule, que ce soit un virus, une bactérie, un spermatozoïde, un ovule, une plante, un animal, ou moi.

Affirmer cela, c'est accepter de remettre en chantier tous les raisonnements qui avaient jusque-là été développés en évoquant la « vie ». Vaste programme. Cette nécessité fait penser à l'attitude des fabricants d'automobiles lorsqu'ils s'aperçoivent qu'un lot de leur production comporte un défaut dans la direction ou dans le freinage. Ils rappellent à leurs frais ces voitures pour les mettre en état de rouler sans danger. De même, il est nécessaire de réviser toutes les structures mentales échafaudées à partir de concepts que l'on croyait rigoureux et dont on constate qu'ils n'ont plus de lien avec la réalité. Il nous faut « rappeler » nos vieilles certitudes pour les rendre compatibles avec la compréhension nouvelle. Ta génération n'aura plus à découvrir le « mystère de la vie » ; c'est fait. Il lui faudra beaucoup de courage intellectuel pour oser avancer avec rigueur dans la voie qui vient de s'ouvrir.

LA LOGIQUE N'EST PLUS TOTALITAIRE

Au cours de tes études, tu as peut-être été souvent découragé par le déroulement imperturbable des raisonnements logiques. En mathématiques notamment, il n'est pas question de s'éloigner des théorèmes accumulés d'année scolaire en année scolaire. Cet édifice est une véritable forteresse aux murailles définitives. Ce chemin tracé une fois pour toutes, et dont on ne voit guère vers quoi il conduit, ne génère guère d'enthousiasme. La logique ressemble à une camisole de force dont on ne peut se débarrasser, adieu la liberté, adieu la poésie. Si j'admets que tous les hommes sont mortels et que Socrate est un homme, je n'ai pas d'autre choix que d'en conclure que Socrate est mortel. Seule cette affirmation est « vraie » ; la conclusion « donc Socrate est immortel » est « fausse ».

Un peu de souplesse a été apportée au cours de ce siècle au carcan de la pensée qu'est l'emprisonnement dans la logique. En fait, les notions de vrai et de faux n'épuisent pas les possibilités. Entre elles se faufile une notion riche de prolongements : l'*indécidable*. Il ne s'agit pas d'une invention de poète avide de divagations brumeuses, mais d'un constat rigoureux fait par un mathématicien-philosophe : Kurt Gôdel. En 1931, il a montré qu'une théorie mathématique (c'est-à-dire un ensemble d'axiomes à partir desquels on démontre des théorèmes) ne peut être « cohérente » que si elle est « incomplète ». La cohérence est simplement le fait que cette théorie ne peut permettre de démontrer des théorèmes contradictoires. Il est clair que c'est là une exigence minimale pour un système mathématique ; mais le respect de cette exigence implique que certaines vérités ne peuvent être démontrées, il entraîne l'incomplétude.

L'exemple classique est celui des « conjectures », propriétés que l'on suppose être exactes mais que l'on n'a pu encore démontrer, des objets définis par les mathématiciens. Tel est le cas de la célèbre conjecture de Goldbach. Ce mathématicien a découvert en 1742 que tout nombre pair peut être décomposé en la somme de deux nombres premiers (parfois même de plusieurs façons) : ainsi 12 = 5 + 7, 100 = 17 + 83 = 47 + 53... Cette propriété est-elle vérifiée pour tous les nombres pairs ? Nous ne le savons pas. Si, à partir des axiomes fondant l'arithmétique, il était possible de démontrer que cette conjecture est vraie, et par un autre raisonnement basé sur les mêmes axiomes qu'elle est fausse, cet ensemble d'axiomes serait non cohérent, ce qui jetterait l'opprobre sur toute l'arithmétique.

Ce qu'a apporté Gôdel est la démonstration que si un système est cohérent, il est nécessairement incapable de démontrer la totalité des propositions vraies ; il est incomplet. Il existe donc des propositions qui ne peuvent être qualifiées ni de vraies ni de fausses ; elles sont indécidables.

Il est toujours possible de démontrer une proposition indécidable en ajoutant un axiome supplémentaire à l'ensemble initial ; mais ce remède ne sera que provisoire ; une autre proposition indécidable amènera l'adoption d'un nouvel axiome, et cela sans fin. L'incomplétude est dans l'essence même d'un système cohérent.

Bien sûr, ce sont là des considérations qui n'entraînent guère de mouvements de foule. On peut fort bien vivre en les ignorant. Elles représentent cependant un changement de grande portée dans le maniement que nous faisons de l'outil nous permettant de comprendre la réalité, notre intelligence. Cette intelligence n'est pas un cadeau que nous recevons, elle est une machine aux multiples engrenages que nous construisons au long de notre vie. Réfléchir à l'incomplétude, à la cohérence, à l'incertitude, ou à tout autre concept un peu délicat, est un exercice aussi utile pour la mise au point de cette machine que le jogging matinal pour l'entretien de tes muscles.

*

Ce ne sont là que trois exemples du déferlement prodigieux de novations conceptuelles qu'a engendré le XXe siècle. L'ADN, la relativité, la physique quantique, le théorème de Gôdel, l'expansion de l'univers, ont saccagé les certitudes d'autrefois. L'urgence maintenant est moins de découvrir de nouvelles voies de recherche que de construire une vision cohérente, tirant les conséquences de tous les apports récents.

Cette assimilation passe nécessairement par l'enseignement. En ce domaine, l'unité de temps est la génération. Il est donc essentiel de former sans retard ceux qui feront comprendre aux jeunes de demain la science d'aujourd'hui.

Les profs de chimie, de physique, de biologie, te proposeront une description du monde réel utilisant des concepts qui sont aujourd'hui connus, mais qui commençaient à peine à émerger lorsque j'étais moi-même étudiant et dont il n'était pas question lors des examens que j'ai subis. Cette mise à jour exigera d'eux une grande souplesse d'esprit. Celui qui en aura le plus besoin sera le prof de philo ; ce sera à lui de dégager les conséquences de ce regard neuf.

A vrai dire, je crains fort que toutes ces nouveautés soient simplement incorporées dans les programmes des lycées comme des chapitres supplémentaires, des formules de plus ajoutées à celles d'autrefois et apprises dans le seul but de pouvoir les ressortir un jour d'examen. Alors qu'il s'agit de la remise en cause du modèle du monde proposé par la science.

Un exemple permet de constater combien, aujourd'hui, l'enseignement profite peu des occasions de réflexion en profondeur. Tu connais évidemment l'équation d'Einstein partout répétée comme une formule magique : $E = mc^2$. Combien de professeurs font réfléchir à ce qu'elle implique ? C'est pourtant notre regard sur le moindre caillou qui devrait en être transformé. Si ce caillou est lancé sur moi avec la vitesse v, je sais qu'il me blessera car il sera porteur d'une énergie cinétique égale à $1/2mv^2$; ce que nous apprend Einstein est que, même lorsqu'il est au repos, ce caillou est dépositaire d'une énergie cachée, bien camouflée par son apparence, et que cette énergie est fabuleusement plus grande que l'énergie cinétique, car la vitesse de la lumière c est autrement plus élevée que v. Bien sûr, cette énergie ne se manifeste que dans des cas exceptionnels. Mais il suffit de contempler, au musée de Los Alamos, le laboratoire où ont été créées les premières bombes nucléaires, les maquettes des deux engins lancés sur Hiroshima et Nagasaki, pour ressentir l'abîme entre ce que nous sommes capables de voir et la réalité : « Fat Man » et « Little Boy » ne sont que des conteneurs d'à peine un mètre cube, peints en blanc, inoffensifs. Leurs semblables ont été capables de pulvériser deux villes en quelques secondes.

Apprendre à aller au-delà de l'apparence, c'est tout l'effort de la science (« *Et pourtant elle tourne* », ne pouvait s'empêcher de murmurer Galilée après avoir admis, pour sauver sa vie, que la Terre était immobile au centre de l'univers). Ce devrait être tout l'effort de l'enseignement. Hélas, cet objectif est actuellement oublié au profit d'un autre, ridicule : la réussite aux examens. Cette perversion est si répandue que récemment, sans que personne ne s'en émeuve, a été publié le palmarès des lycées de France hiérarchisés du meilleur (évidemment dans le Ve arrondissement de Paris) au pire (évidemment dans la banlieue). On ne saurait plus naïvement avouer que, pour les autorités et, hélas, pour les parents aussi, le seul critère permettant de juger la qualité d'un lycée est le pourcentage de succès au bac.

Ce détournement de finalité est d'autant plus grave qu'il concerne des jeunes en cours de construction de leur personne. Pour que le ministre de l'Education nationale ne puisse être accusé de détournement de mineurs, il faudrait qu'il fasse graver sur les façades des lycées, comme au fronton de l'Académie d'Athènes : « Que nul n'entre ici s'il y vient pour préparer son bac ».

Avancées techniques et progrès

Les jeunes de ma génération ont rêvé à un monde où, grâce à la technique, le sort des hommes serait sans fin amélioré. Après avoir fait le tour du monde en quatre-vingts jours comme Philéas Fogg, on le bouclerait en quarante, puis en dix. Les « plus lourds que l'air », semblables au *Nautilus* du capitaine Nemo, transporteraient toujours plus de passagers, plus loin, plus vite, plus confortablement. Aller tourner autour de la Lune, comme Michel Ardan, peut-être y débarquer, serait un jour possible. Toute avancée dans les capacités des machines était vue comme un progrès ; les mots « avancée technique » et « progrès » étaient pratiquement synonymes.

Quelques chercheurs prétendaient que la finalité de la science était la connaissance elle-même, que la conquête jamais aboutie d'une meilleure compréhension de l'univers était la vocation même de notre espèce. Ils étaient présentés comme de doux rêveurs. Les gens sérieux ne mettaient pas en doute que la justification des efforts faisant progresser cette connaissance devait être cherchée dans les possibles retombées techniques. Cette attitude a été souvent adoptée comme une évidence. « A quoi ça sert ? » a été la phrase clé pour décider d'une recherche. Pour justifier leurs demandes de crédits, les scientifiques expliquent que même les découvertes qui, dans l'immédiat, ne servent rigoureusement à rien, peuvent se révéler à la longue rentables, car elles auront un jour des conséquences inattendues et bénéfiques. Ce qui est d'ailleurs le plus souvent exact.

Le début du XXe siècle a donné raison à Jules Verne et au bel optimisme qu'il répandait. En quelques décennies, les sauts de puce des premiers « aéroplanes » des frères Wright ont conduit à des exploits qui ont fait vibrer les foules, la traversée de la Manche par Blériot en 1909, puis celle de l'Atlantique par Lindbergh en 1927. Mesurées en durée des voyages, les dimensions de la planète ont été divisées par dix, par cent.

Ces dimensions sont devenues pratiquement nulles pour la transmission des informations. Utilisées dès la fin du XIXe siècle pour la télégraphie sans fil, les ondes hertziennes ont permis cette transmission à une vitesse pratiquement infinie. La simultanéité entre l'émission et la réception de ces ondes a été utilisée pour permettre aux marins de calculer avec précision leur longitude ; il leur suffisait de connaître l'heure de Paris en écoutant les « top » envoyés par la tour Eiffel et de la comparer à l'heure locale fournie par la position du soleil.

On a peine à imaginer combien cette diffusion instantanée des informations a représenté un changement décisif des rapports entre les hommes, changement amplifié encore par les applications qui ont suivi : la téléphonie sans fil, la populaire « TSF » dans les années 20, la télévision à la fin des années 30. L'humanité n'a plus été constituée de populations attendant des semaines, voire des mois, pour prendre contact les unes avec les autres ; elles ont pu accéder toutes au même instant à une même information.

Les dialogues entre les hommes ont pu se dérouler comme s'ils étaient tous rassemblés autour d'une même table. C'est l'ensemble de notre regard sur l'humanité qui en a été transformé. Séparées autrefois par des obstacles géographiques presque infranchissables, les populations ont éprouvé enfin le sentiment de former un ensemble interdépendant, sinon solidaire.

Bien au-delà des facilités immédiates apportées par ces nouvelles techniques, c'est toute la problématique du « vivre ensemble » qui a été bouleversée : le dialogue devenait en théorie aussi aisément possible entre deux continents qu'à l'intérieur du village. Tous ceux qui ont pu accéder à ces outils, inimaginables quelques décennies plus tôt, une boîte qui parle, un écran qui montre, ont été fascinés par ce véritable prolongement de leurs sens ; plus qu'un confort agréable, ils y ont vu un accroissement vertigineux de leurs pouvoirs. Ils se sont comportés devant ces merveilles comme des enfants recevant de nouveaux jouets.

En quelques décennies, nous avons modifié notre vie quotidienne plus qu'elle ne l'avait été en plusieurs siècles. Il y a quelques centaines de milliers d'années, certains groupes humains ont osé affronter le feu ; ils sont parvenus à le maîtriser, à transformer cet ennemi en allié, ce mystère inquiétant en un outil efficace. Impressionnées par les conséquences de cette victoire, certaines cultures l'ont expliquée en évoquant le mythe de Prométhée. Ce demi-dieu, ce titan, avait dérobé à Zeus le secret du feu et l'avait dévoilé aux hommes ; cette amabilité envers nous lui valait un supplice éternel : être enchaîné à un rocher et avoir le foie dévoré par un aigle. Tout prisonnier qu'il soit sur sa montagne, Prométhée, au XXe siècle s'est véritablement déchaîné ; il a continué à défier Zeus, et nous a apporté de multiples cadeaux nouveaux.

Il est probable qu'il sera une fois de plus généreux au début du XXIe siècle. Même en l'absence de nouvelles percées de la science, la moisson d'innovations et d'améliorations pourra être abondante, car les découvertes déjà engrangées n'ont pas été encore complètement exploitées, et surtout chaque technique va être fécondée par les avancées des autres. Il est plus que probable, par exemple, que l'informatique s'introduira dans tous les domaines et apportera une accélération des performances. De nouvelles victoires seront obtenues dans la lutte millénaire pour réduire le travail imposé. Celui-ci disparaîtra peu à peu ou ne jouera plus qu'un rôle dérisoire dans la vie quotidienne de la plupart de nos concitoyens.

Ces perspectives pourraient être réjouissantes ; pourtant, le bel optimisme a disparu. Lentement sont apparues les conséquences pas toujours bénéfiques des moyens nouveaux. En cette année où je t'écris, la grande avancée technique qui modifie le comportement de mes contemporains est le téléphone portable. Cet objet n'est le fruit d'aucune découverte scientifique récente ; il résulte de l'accumulation de prouesses petites ou grandes réalisées aussi bien par les fabricants de fusées qui ont mis en place des réseaux de satellites, que par les électroniciens qui ont miniaturisé les circuits. Le résultat est que chaque possesseur de cette petite merveille est en relation immédiate avec tous ceux qui sont munis d'un appareil semblable ou qui sont à portée d'un téléphone. La fascination est telle qu'innombrables sont ceux qui ne quittent jamais leur « portable ». Au volant de leur voiture, garnissant leur chariot dans un supermarché ou promenant leurs enfants, ils poursuivent une conversation avec un interlocuteur lointain dont bientôt, paraît-il, ils pourront non seulement entendre la voix mais voir l'image. Ils ne sont plus présents là où ils agissent, et sont probablement très peu présents là où ils sont entendus. A vouloir être partout, ils ne vont plus nulle part. Ce dédoublement, cette schizophrénie, se répandent comme une maladie contagieuse qui pose, pour le moins, problème.

Ce n'est qu'un événement assez superficiel, mais il met en évidence le possible changement d'opinion face à une nouveauté. A l'enthousiasme peut succéder la répulsion. Toute découverte scientifique est une promesse de performances nouvelles ; celles-ci, après un accueil euphorique, peuvent se révéler grosses d'un danger imprévu, parfois d'une dimension planétaire. Nous sommes contraints de constater que Prométhée est un ami dangereux ; certains de ses cadeaux sont empoisonnés. Faut-il les refuser ?

Ma génération a vécu là une terrible désillusion. Elle a dû admettre qu'une avancée technique peut fort bien représenter un retour vers la barbarie.

LE POSSIBLE SUICIDE COLLECTIF

La formule si célèbre d'Einstein, que j'ai évoquée, $E = mc^2$, a été un bel exemple à la fois de la fécondité d'une découverte théorique et de l'ambivalence de cette fécondité. Il paraissait clair au départ que la correspondance entre la masse et l'énergie affirmée par cette équation n'était qu'une coquetterie de théoricien et ne pouvait déboucher sur des réalisations concrètes : tout cela, pensait l'homme de la rue, n'est qu'un jeu de mathématicien et ne peut servir à rien. Pourtant il n'a pas fallu attendre longtemps pour constater que cette formule nous donnait un regard plus lucide. L'énergie prodigieuse dont elle affirme la présence au cœur de tout objet doté d'une masse est bien réelle. Moins de quarante années se sont écoulées avant que cette égalité, n'ayant apparemment d'intérêt que pour les spécialistes de physique théorique, soit à l'origine de champignons atomiques menaçant la totalité de l'humanité.

Le cheminement qui a conduit à cette situation est bien connu. De crainte que les nazis n'utilisent cette découverte pour mettre au point un outil terrifiant capable de leur donner la victoire, les Américains ont, grâce au projet Manhattan, produit quelques bombes qui n'ont été utilisables qu'après la défaite de l'Allemagne, mais qui ont permis de mettre un terme rapide à la guerre contre le Japon. L'URSS, craignant d'être dominée par le camp « capitaliste », a cru nécessaire de mettre au point à son tour des bombes aussi puissantes que celles des Américains. La compétition entre l'Est et l'Ouest, la guerre « froide », a abouti à une accumulation d'engins de destruction telle que l'utilisation d'une fraction seulement d'entre eux suffirait à déclencher un « hiver nucléaire » qui ferait probablement disparaître toutes les espèces évoluées. C'est la survie de l'humanité qui est en question. Les principales puissances commencent à prendre le danger au sérieux, mais les accords péniblement négociés n'aboutissent jusqu'à présent qu'à une réduction bien lente de cet arsenal.

L'épée de Damoclès qu'il représente pour tous les humains, quel que soit leur camp, devrait rester une préoccupation majeure des gouvernants. Le risque est malheureusement grand qu'ils s'habituent à vivre avec cette menace que l'accoutumance rend acceptable. Jusqu'au jour où un dictateur fou passera à l'acte. Einstein, qui est à l'origine de cette mésaventure, a été le premier à comprendre que l'humanité se fourvoyait. Le soir de Hiroshima, il s'est écrié : « Il y a des choses qu'il vaudrait mieux ne pas faire » et il a consacré la fin de sa vie à lutter pour un désarmement général. Je crains fort que la seule situation acceptable, la disparition totale de cet arsenal, ne soit pas encore atteinte dans trente ans. Je t'appelle, en tant que citoyen, à ne pas oublier cette urgence.

MANIPULATION DU VIVANT

La maîtrise de l'énergie nucléaire a posé le problème du bien et du mal là où on l'attendait le moins, au cœur de la réussite technique, source de tant de satisfactions, de tant d'orgueil. La mise en garde est claire : l'humanité doit d'abord se méfier d'elle-même. Le mythe de Prométhée prend une tout autre signification ; en dérobant les secrets de Zeus et en les dévoilant aux hommes, ce demi-dieu rend ceux-ci responsables de leur destin. En leur cachant ces secrets, Zeus n'avait pas voulu jouer un vilain tour aux hommes, il n'avait cherché qu'à les protéger contre eux-mêmes.

Ce constat s'impose dans le domaine où les découvertes ont le plus transformé notre regard, celui des sciences dites « de la vie ».

Que seront devenues, lorsque tu me liras, les interrogations provoquées aujourd'hui par les premières manipulations génétiques ? Le risque est grand que ces interrogations ne soient même plus formulées, que les seules limitations soient celles concernant le coût de ces opérations face aux bénéfices qu'elles peuvent engendrer. Les querelles de comptables et d'économistes auront fait oublier les doutes des philosophes et des scientifiques. D'ailleurs, en 2025, les scientifiques ne seront-ils pas devenus de simples employés au service des économistes ? Ils seront jugés non sur leur créativité mais sur leur rentabilité. Quant aux philosophes, seront-ils autre chose qu'un luxe difficilement et provisoirement toléré par les comptables ?

L'enjeu est pourtant de première importance. J'y ai insisté ; en découvrant la molécule d'ADN, les chercheurs n'ont pas simplement élucidé un problème qui semblait depuis toujours mystérieux, celui de la « vie » ; ils ont montré que ce qui donne leurs pouvoirs aux êtres vivants repose sur des mécanismes chimiques très ordinaires, et par conséquent modifiables. Le mystère a disparu ; sa charge d'angoisse, sa capacité de dissuasion face aux tentatives d'action ont fait place au désir d'expliquer, à la volonté de transformer. Puisque la frontière entre l'inanimé et le vivant n'est plus définissable, modifier une bactérie en la dotant de recettes biologiques jusqu'à présent réservées à d'autres espèces, par exemple des primates, pourquoi pas des hommes, n'est pas plus un viol de la nature que réaliser la synthèse d'une nouvelle molécule chimique ou que traiter du minerai pour obtenir de l'acier.

Dans cette voie, de proche en proche, les seuls obstacles rencontrés sont des obstacles techniques, un par un surmontés au nom du progrès. Emporté par l'enthousiasme des exploits, aiguillonné par la compétition entre équipes, le chercheur n'a qu'un objectif, réaliser demain ce qui était impossible hier. Puisque l'ensemble du cosmos est réunifié, composé d'objets faits des mêmes éléments, soumis aux mêmes interactions, la question de la légitimité de telle ou telle manipulation n'est plus posée. Tout ce qui est possible est permis, or le champ des possibles s'agrandit sans limite. C'est tout l'équilibre des sociétés humaines qui est en question.

Un exemple clair est fourni par les projets de modification génétique des céréales nécessaires à l'alimentation de milliards d'humains. Quelques grandes sociétés agroalimentaires supranationales ont mis au point de nouvelles espèces en introduisant dans leur dotation génétique des gènes qui leur permettent de résister à certains vecteurs de maladies. Il n'est plus nécessaire de répandre des pesticides, coûteux et polluants ; le coût de production est abaissé ; tout, si l'on en croit ces entreprises, est pour le mieux. Cependant, de multiples interrogations restent sans réponse à propos d'éventuels dangers : ces gènes de résistance ne vont-ils pas se retrouver dans le génome de plantes indésirables contre lesquelles la lutte deviendra impossible ? Comment arbitrer entre des avantages réels mais limités et des dangers non prouvés mais éventuellement considérables ?

Pour emporter l'adhésion des pouvoirs publics hésitants, les promoteurs de ces plantes transgéniques ajoutent que, grâce à elles, la faim dans le monde peut être vaincue. C'est l'argument de trop qui dévoile leur mauvaise foi, car la faim qui tue actuellement tant d'enfants n'est pas due à un manque global de nourriture ; les réserves nécessaires sont disponibles, mais l'acheminement vers ceux qui en ont besoin est rendu impossible par les guerres locales. Elle est aussi parfois la conséquence des « plans d'ajustement structurels » imposés aux pays pauvres pour qu'ils puissent rembourser leur dette ; il leur faut alors consacrer les bonnes terres à des produits industriels et non à des aliments traditionnels. La faim dans le monde n'est pas aujourd'hui un problème agricole, elle est un problème politique.

En fait, le seul moteur de ces entreprises supranationales est, comme pour toutes leurs semblables en régime libéral, la recherche du plus grand profit. Elles devraient avoir la décence d'en convenir et de ne pas camoufler cet objectif derrière de grands sentiments humanitaires. Il faut le constater, la logique libérale ne peut qu'ignorer l'éthique.

La preuve en est donnée par le plan véritablement diabolique dévoilé actuellement par ces mêmes entreprises agroalimentaires ; elles se préparent à fournir aux agriculteurs des graines qui donneront certes une très belle récolte, mais les grains ainsi récoltés seront stériles. La justification repose sur une argumentation parfaitement fondée : le rendement fabuleux obtenu la première année est le résultat de manipulations complexes permettant de mêler des dotations génétiques diverses. Cette diversité interne, source de la qualité et de la quantité, s'amenuise à mesure qu'une autoreproduction est pratiquée d'une récolte à la suivante. Il faut donc en permanence reconstituer la richesse génétique, ce que ne peuvent faire que des laboratoires disposant d'un savoir-faire hors de portée du cultivateur ordinaire.

L'argument est certes solide, mais il est utilisé pour justifier la mise en place d'un pouvoir exorbitant : ces quelques sociétés multinationales deviendraient, pour toute la planète, les fournisseurs exclusifs de graines ; les cultivateurs, partout dans le monde, seraient face à elles, pieds et poings liés, à la merci de leurs ukases et de leurs tarifs. Sous le couvert de la « mondialisation » de l'économie, c'est une véritable dictature imposée par quelques firmes qui sera mise en place. Ceux qui luttent contre ce projet sont facilement présentés comme des esprits rétrogrades, incapables de comprendre les bienfaits de la « Loi du Marché ». Il s'agit en fait de défendre un minimum de démocratie. Même si, au cours des prochaines années, un tel système se met en place, il ne sera pas trop tard, lorsque tu en prendras conscience, pour réagir. A travers quelques décennies, je t'appelle à cette réaction.

FINITUDE DE LA PLANÈTE

Une conséquence de l'accroissement de nos pouvoirs moins brutale que le suicide nucléaire, moins sournoise que la transformation des plantes et des animaux, mais tout aussi dangereuse à long terme, est la modification des grands équilibres planétaires.

Jusqu'au siècle dernier, les actions des hommes n'avaient qu'un effet insignifiant sur le déroulement des processus naturels. Ce n'est plus vrai. La puissance de nos moyens d'action est maintenant de l'ordre de grandeur des forces mises en œuvre localement par le cosmos. Nous devons constater que, selon le mot de Paul Valéry, la planète est « finie », et que cette finitude implique la solidarité des humains.

Ce mot « solidarité » n'évoque pas ici un bon sentiment, mais la réalité d'une interdépendance. Les hommes n'ont pas le choix d'être ou non solidaires ; ils le sont par nécessité, comme les passagers d'un unique bateau. Nous venons de nous en rendre compte concrètement à propos d'un phénomène auquel, jusqu'à il y a peu, personne n'avait songé, l'« effet de serre ».

Les variations quotidiennes, annuelles ou séculaires du climat ne sont que des fluctuations minimes autour d'une moyenne correspondant à un équilibre entre les divers facteurs agissant sur la surface terrestre et sur l'atmosphère qui l'entoure. Cet équilibre a évolué lentement depuis la dernière période froide, qui s'est achevée il y a 15 000 ans. Soudain, au cours du XIXe siècle, les activités humaines sont intervenues brutalement sur cet équilibre ; l'industrie s'est développée et a bouleversé certains des facteurs dont dépend le climat. Le plus connu est la concentration de gaz carbonique dans l'atmosphère.

Depuis le début de l'ère industrielle, cette concentration a augmenté de 30 p. 100. Il est impossible de mesurer avec précision les conséquences, immédiates ou à terme, de ce changement, mais il est certain qu'elles ne seront pas insignifiantes. Les effets concerneront la totalité de l'humanité, alors que les causes sont localisées dans quelques nations.

La quantité totale de gaz carbonique provenant des activités humaines que la Terre est capable de recycler est de l'ordre de 18 milliards de tonnes par an, soit 3 tonnes par personne avec la population d'aujourd'hui, 2 tonnes avec l'effectif que la population atteindra au milieu du siècle. Actuellement, la Chine et l'Inde n'en produisent que 2 à 3 tonnes par personne et par an, mais la France en produit trois fois plus et les Etats-Unis huit fois plus. Il en est de même pour la plupart des gaz (méthane, protoxyde d'azote...) dont la dispersion modifie l'état de l'atmosphère. Un petit quart de l'humanité, les pays industrialisés, se permet de modifier irréversiblement le climat dont dépendent le bien-être et peut-être la survie de l'ensemble. La situation actuelle est provisoirement supportable grâce au sous-développement des trois autres quarts ; mais, en s'efforçant de rejoindre le niveau de production des Occidentaux, ces pays déclencheront un déséquilibre climatique lourd de catastrophes. Au nom de quoi le leur interdire ?

Une autre façon de présenter le choix qui s'impose est de poser la question : combien la Terre peut-elle supporter durablement d'humains ayant le comportement des Occidentaux actuels, comportement sur lequel la plupart des peuples rêvent de s'aligner ? La réponse est évidemment imprécise, mais les plus optimistes situent cette limite en dessous d'un milliard. La Terre ne pourra supporter pendant longtemps la présence de plus d'un milliard d'individus ayant des exigences semblables aux miennes. Le choix pour demain est ainsi bien délimité : ou bien nous, les privilégiés du club des nantis, poursuivons notre quête sans fin de croissance de notre consommation et nous nous donnons les moyens de repousser les attaques des misérables qui voudront participer au festin (quelques bombes nucléaires pourraient peut-être suffire, durant les prochaines décennies, à les dissuader de venir s'asseoir à notre table), ou bien nous changeons radicalement d'objectif et nous nous orientons vers une répartition des richesses plus équitable et compatible avec les limites globales imposées par la nature. Ce n'est pas vers la « croissance zéro » que les nations les plus riches doivent se diriger, mais vers une croissance négative la plus rapide possible.

Sauf à accepter un retour définitif à la barbarie, c'est donc une modification complète des mécanismes de gestion de la production et de la consommation des biens qui est nécessaire.

*

Inutile de se lamenter. Il nous faut maintenant vivre avec les pouvoirs que nous nous sommes attribués. Or, l'ampleur de ces pouvoirs s'accroît vertigineusement. Autant j'ose risquer une anticipation à propos des découvertes scientifiques en admettant que leur rythme ne peut que se ralentir au cours des prochaines décennies, autant je crains que le déferlement de nouveaux pouvoirs ne s'accélère et emporte toutes les digues que certains tentent de lui opposer.

Souvenons-nous du constat que Dostoïevski prête à Ivan Karamazov : « Si Dieu n'existe pas, tout est permis. » Faut-il alors demander à Dieu de fixer des limites à ce que les hommes se permettent de faire ? Ce serait, il me semble, une démission. Nous ne pouvons plus, comme les Hébreux, envoyer Moïse sur le Sinaï pour y entendre les ordres du Créateur. Serait-ce possible, il nous faudrait ne pas y avoir recours sous peine de trahir notre dignité. Il nous faut définir ces limites nous-mêmes.

Nous avons voulu dominer le monde qui nous entoure ; notre succès est tel que nous nous retrouvons objet de nos propres pouvoirs. Osons une métaphore : selon la théorie de la relativité, les planètes avancent droit devant elles, mais l'espace est courbé par la masse du soleil, et ce « droit devant elles » les ramène à leur position initiale. De même, le parcours des possibilités techniques de l'humanité semble suivre une voie à sens unique ; dès qu'un pouvoir nouveau est acquis, il l'est définitivement, irréversiblement ; mais le parcours de la civilisation semble se dérouler dans un espace courbe, le « droit devant soi » des techniques nous ramène parfois à la barbarie.

Nous commençons seulement à formuler ces questions. J'aimerais que cette formulation soit plus lucide lorsque tu prendras le relais. Actuellement tout est faussé par l'intervention d'arguments qui devraient rester hors sujet, les arguments économiques. Péguy déplorait la dégradation de la mystique en politique, que ne dirait-il pas devant la monstrueuse dégradation de l'éthique en économique qu'accepte notre société !

Cette dérive, chacun le sait, est collectivement suicidaire car, par nature, les raisonnements économiques sont à courte vue. Ils ne peuvent tenir compte que de ce qui est immédiatement mesurable. Comment, par exemple, faire entrer dans le coût du transport par camion les dégâts pour la santé de millions de personnes provoqués par la détérioration de l'atmosphère (accroissement de la proportion de gaz carbonique, diminution de la couche d'ozone...) ? Comment chiffrer les conséquences de l'effet de serre ?

C'est la façon même dont les problèmes sont posés qui doit être révisée. Le réflexe, face à un choix, ne doit plus être : « Quels sont le coût et le bénéfice de chaque option ? » mais : « Quelles en sont les finalités ? ». C'est toute une attitude de questionnement qui doit être retournée. Je n'imagine qu'une façon d'y parvenir : provoquer une meilleure prise de conscience par tous de l'acuité et de l'urgence des problèmes. Cela peut être obtenu par l'éducation et par l'intervention de tous ceux qui ont la parole.

Ce qui est en cause est le champ ouvert à la démocratie. Celle-ci ne consiste pas seulement à entendre chacun à propos de la gestion de la cité, mais à l'entendre aussi à propos des objectifs fondamentaux de la société. La première fonction est assez bien assurée dans quelques Etats (à vrai dire peu nombreux), dont le nôtre. La seconde le sera difficilement car les problèmes qu'elle pose n'ont jamais encore été affrontés. Tant que nos pouvoirs étaient limités, nous pouvions nous satisfaire de les exercer tous ; le plaisir de l'exploit justifiait de passer à l'acte. Maintenant que presque tout est possible, il est nécessaire de refuser certains pouvoirs ; nous sommes contraints de choisir, donc de décider nous-mêmes collectivement du bien et du mal.

Cela exigera la mise en place d'une *démocratie de l'éthique* beaucoup plus délicate que la mise en place d'une démocratie de la gestion. Il s'agira de définir un comportement respecté par tous à partir de la diversité des impératifs exprimés par chacun. Il ne sera plus possible d'accepter comme maintenant une définition de la liberté qui ramène celle-ci au niveau du caprice. Le fameux proverbe : « Ta liberté s'arrête là où commence celle de l'autre » devra être remplacé par l'affirmation inverse : « Ta liberté commence là où commence celle de l'autre ». Car la liberté ne peut se définir que comme un ensemble de contraintes acceptées par tous à la suite de confrontations auxquelles chacun a participé.

Démocratie de l'éthique, cet objectif suppose un accord général sur un noyau commun accepté en préservant leur spécificité, leur diversité, par tous les peuples, toutes les cultures. Ce noyau commun ne peut être dégagé que par une réflexion sur le sens donné à chaque parcours de vie, et, pour commencer, une réflexion sur l'aboutissement de ce parcours, qui est le même pour tous.

Elle est retrouvée...

Tu as lu ce cri d'Arthur Rimbaud :
Elle est retrouvée.
Quoi ? — L'éternité.
C'est la mer mêlée
Au soleil.

C'était une fausse nouvelle ; personne n'a retrouvé l'éternité. Au départ de toute réflexion sur la vie, il faut admettre que celle-ci a un terme. Cette « condition aux limites », comme disent les ingénieurs, doit être prise en compte dans tous nos projets. Y penser n'est pas une vaine satisfaction morbide, c'est un exercice de nécessaire lucidité, auquel il est utile de s'adonner comme à un jogging quotidien. Essayons de le faire ensemble.

Tu es à l'âge où la mort ne concerne que les autres. Tu ne prétends certes pas être éternel ; cette affirmation introduirait, même en la niant, la possibilité d'une finitude de la durée de ta vie. Simplement, tu ignores cette inévitable échéance. Adolescent, tu n'as que faire des calculs mesquins qui ramènent chaque étape de notre vie à un nombre mesurant sa durée, et surtout qui résument par une date l'événement qui en marquera la fin. Le jaillissement permanent qui accompagne en toi et autour de toi la succession des minutes apporte une richesse constamment régénérée de sensations nouvelles, d'idées originales, de désirs imprévisibles, de projets inédits. Ce jaillissement est trop puissant pour être mis en boîte dans un calendrier. Compter les instants qui se succèdent, c'est les vider de leur substance. Je ne veux pas t'inciter à gérer ton temps comme un avare qui ne dépense son argent qu'avec regret. Je voudrais au contraire t'aider à constater que chaque instant vécu a un goût d'autant plus agréable qu'il ne reviendra pas. Ne regarde pas cet instant comme une pièce d'or soustraite à un trésor qui sera un jour épuisé, vois en lui une eau désaltérante apportée par une source intarissable, dont il te faudra un jour t'éloigner.

Le mystère de la mort est peu présent dans tes obsessions ; il tiendra, l'âge venant, de plus en plus de place. Il est important de tenter de l'apprivoiser pour qu'il ne devienne pas envahissant. Cet effort commence par une remise en cause des idées reçues qui orientent sournoisement notre réflexion. En ce domaine, dans notre culture, ces opinions surgelées pullulent et sont véhiculées par des mots apparemment anodins. En voici quelques-unes.

PEINE DE MORT

Il est fort probable que ta génération ne se souviendra pas du nom de Karla Faye Tucker. Cette jeune femme avait été condamnée à mort pour un crime commis au Texas. Durant les longues semaines qu'ont duré les multiples procédures judiciaires précédant l'exécution de la sentence, les télévisions ont à de nombreuses reprises montré son visage. Les années passées dans le « couloir de la mort » qu'est la prison de Huntsville avaient transformé la meurtrière en une femme enrichie de l'expérience des épreuves subies, engagée dans un cheminement religieux. Elle portait sur les autres un regard chargé d'une telle paix intérieure que chacun, en dépit de l'éloignement imposé par la médiation de la télévision, le recevait comme un cadeau.

L'espoir était grand d'une grâce annulant la sentence de mort. Beaucoup, de par le monde, jusqu'au dernier moment, ne voulaient pas croire au passage à l'acte. Un jour pourtant est venue l'annonce de son assassinat légal par injection d'un poison. Elle n'est plus. « Ils » l'ont tuée. « Ils » : le tribunal de Houston, le gouverneur du Texas George Bush junior, obsédé par les prochaines élections, la cour suprême de Washington, le médecin qui, d'un geste médical appris pour sauver des vies, a introduit le poison dans ses artères, les buveurs de bière des bistrots texans satisfaits que « justice soit faite », le peuple américain tout entier et les citoyens de tous les Etats qui osent encore associer ces deux mots inconciliables, incompatibles lorsqu'un être humain est en cause : peine et mort.

Car un humain n'est pas seulement un être dit vivant. J'y ai insisté, ce qu'exprime le mot même de « vie » est si difficile à préciser que les dictionnaires ne peuvent éviter de recourir à une tautologie et le définissent comme « le fait de vivre ». La réflexion scientifique a permis d'échapper à cette difficulté, mais, pour y parvenir, elle a vidé de tout sens le concept de vie. Pour le scientifique d'aujourd'hui, la continuité est totale entre les molécules, les structures chimiques, les objets, les virus, les bactéries, les plantes, les animaux. Le fossé que nous imaginions entre la matière inanimée et les êtres vivants a été remplacé par une progression sans hiatus au long d'une échelle de complexité qui culmine avec notre espèce.

Si l'on se contente de définir l'être humain comme un élément de cet ensemble, il doit être regardé en fonction des mêmes critères que tout ce qui l'entoure. Sa vie n'est alors qu'une succession d'épisodes qui s'enchaînent les uns aux autres en fonction de processus organisés par la nature ; la mort n'est rien d'autre que l'épisode ultime. Pour tout être vivant, ce dernier événement est défini comme la disparition d'une structure provisoirement assemblée ; il fait partie du cycle commencé lors de la conception ; il ne recèle aucun mystère. Il est même le seul dont l'occurrence soit certaine. En bonne logique, il ne paraît pas contraire à la raison d'anticiper parfois cette conclusion, d'en faire éventuellement une peine. Dans l'équilibre global de la nature, la poursuite de la vie de certains peut nécessiter pour d'autres la mise à mort. Si l'homme n'était que cela, s'il n'était rien d'autre qu'un des innombrables êtres produits par la nature, aucune mort humaine ne serait fondamentalement scandaleuse ; celle de la victime d'un meurtre, résultat le plus souvent d'un instant d'affolement, pas plus que celle de l'assassin, décidée dans la sérénité d'une cour de justice.

Mais un être humain est plus, et c'est justement ce que nous rappelait le sourire de Karla Faye Tucker. Ce qu'elle était ne se résumait pas à une forme, une couleur, un assemblage d'organes aux métabolismes enchevêtrés. Elle était, comme chacun de nous, comme les jurés du tribunal de Houston, comme le gouverneur George Bush junior, comme les juges de la cour suprême, comme les buveurs de bière satisfaits, comme tous les citoyens américains, un nœud de relations, une source d'échanges, le point d'ancrage des fils qu'elle tendait vers tous ceux qui soutenaient son regard.

Le geste médical qui l'a mise à mort n'a pas seulement mis fin à tous les métabolismes qui se déroulaient en elle ; il n'a pas seulement détruit l'édifice d'organes qui lui permettait de s'adresser à nous par un sourire ; s'il n'avait fait que cela, il ne serait pas source de scandale. Il a participé à un tout autre événement et a eu des conséquences autrement plus lourdes que celles du coup de merlin qui, à l'abattoir, foudroie un animal. Il a détruit ce nœud, il a tari cette source, il a coupé ces fils. Il a atteint tous ceux qu'elle avait regardés et qui ne peuvent oublier ce regard.

Comment les juges, le gouverneur, le médecin, qui ont eu à décider ou à accomplir cet acte, n'ont-ils pas compris que leur forfait justifiait tous les crimes qu'ils prétendent combattre ? Qu'ils semaient les graines des assassinats de demain ? Faire de la mort une peine, c'est lui nier sa dimension de mystère ; un mystère de même origine que celui de la conscience ; c'est admettre que prendre la vie d'un humain est du même ordre que lui prendre ses biens ; c'est ramener l'être à l'avoir.

Il suffit pourtant de regarder un tableau, d'écouter une sonate, de lire une phrase, pour constater que telle tache de couleur, telle note, tel mot ou telle virgule, n'a de valeur, de sens, d'existence, qu'en interdépendance avec ce qui l'entoure. « Je » n'est pas vraiment « un autre » comme le pensait Rimbaud ; « je » est ma capacité d'échanger avec les autres. Ce que vous voyez en me regardant, ce n'est pas moi ; ce n'est que le support de moi. « Je » n'est pas ce qui en moi me permet d'être, mais ce qui par le contact des autres me permet de me savoir être.

En effaçant cette conscience chez Karla Faye Tucker, ce n'est pas elle qu'« ils » ont punie, mais la collectivité que, par sa présence, elle enrichissait. Lorsque tu me liras, l'humanité sera-t-elle enfin sortie des ténèbres de cette barbarie ?

Comme Français, nous sommes assez mal placés pour donner des leçons de morale à ce sujet. Il a fallu attendre 1981 pour que la peine de mort soit enfin abolie chez nous. Du moins est-ce maintenant irréversible. En militant, comme j'espère tu le feras, pour qu'elle soit abolie partout sur la planète, n'aie pas le sentiment de t'« occuper de ce qui ne te regarde pas » ; cela te concerne en tant que membre de l'espèce.

IMMORTALITÉ

La terreur qu'inspire la disparition définitive est à la source d'un désir fou, irréfléchi, celui d'être immortel. Telle qu'elle est évoquée par Arthur Rimbaud, l'éternité est semblable à une richesse inépuisable, hélas perdue, et que nous serions comblés de posséder à nouveau. Une idée identique est présentée, en des termes évidemment tout autres, par le récent *Catéchisme de l'Eglise catholique romaine*. Pour ses rédacteurs, « l'homme a été créé par Dieu immortel et est devenu mortel par le péché ». On ne saurait plus ingénument présenter l'éternité comme un trésor autrefois possédé et perdu en raison de notre désobéissance, qui a entraîné la malédiction divine et la mort. En réalité, être condamné à l'immortalité serait plus insupportable qu'être voué à la mort.

Suppose un instant que cette immortalité te soit accordée. Tu seras sans doute bien satisfait(e) de ce cadeau. Mais ton bonheur sera court. Vivre longtemps, cent vingt ans, cent cinquante ans, plus longtemps encore, éloigner l'échéance, qui ne le désire ? Mais l'éternité n'a rien de commun avec « longtemps ». Pour comprendre combien elle serait une malédiction pire que la mort, il suffit d'imaginer que, immortel, tu vivras encore lorsque tous les êtres qui t'entourent aujourd'hui auront disparu, encore lorsque le paysage que tu regardes se sera transformé, encore quand les montagnes auront été rabotées par l'érosion, encore lorsque, dans quelques milliards d'années, le soleil explosera et détruira notre planète, encore lorsque... En évoquant cette séquence interminable, tu ressentiras combien l'absence de fin est insoutenable. Tu comprendras que les « mortels » n'ont aucune raison de jalouser les « immortels ».

La crainte de l'immortalité pourrait être le meilleur remède à la peur de la mort.

Tout objet est défini par ses limites, par la frontière entre ce qui fait partie de lui et ce qui lui est extérieur ; sans frontière, il se dissout dans une totalité inaccessible à notre représentation. Même les mathématiciens attirent notre attention sur cette nécessité logique : ils montrent que « l'ensemble de tous les ensembles » ne peut être défini. Evident dans l'espace, ce constat est également vrai dans le temps. Seuls peuvent être pensés les événements compris entre un début et une fin, situés dans la durée entre un avant et un après.

Ce début et cette fin sont souvent de définition arbitraire. Pour un parcours de vie, la naissance et la mort sont les événements qui le bornent. Cela semble évident, mais n'a pas toujours été vrai, et ne l'est toujours pas pour de nombreux vivants, ceux qui sont capables de se reproduire. Nos ancêtres d'il y a quelques milliards d'années, de même que les bactéries d'aujourd'hui, luttaient contre la durée en se dédoublant, en produisant deux êtres identiques. Ce procédé apporte le nombre mais au prix de l'uniformité ; une novation ne peut apparaître que lorsqu'une erreur se produit lors de la duplication. Les divers membres de l'espèce ne peuvent être individualisés : la cellule qui se duplique disparaît sans laisser de cadavre au profit de ses deux copies. Cet événement ne constitue réellement ni une disparition pour la cellule originale ni une origine pour les cellules « filles ». Pour elles, le concept de mort est dépourvu de sens.

Tout a changé lorsque, il y a sans doute moins d'un milliard d'années, a été mis en place un procédé tout différent, la procréation. Cette fois, il faut être deux pour produire un troisième. Chacun des deux géniteurs ne transmet que la moitié des informations génétiques qu'il a reçues, ce qui implique l'intervention d'une loterie décidant du contenu de cette dotation. Ce processus aléatoire multiplie les possibilités et fait de chaque être procréé un exemplaire unique, donc individualisable. Alors que la bactérie ne produit que des copies d'elle-même, les géniteurs produisent un être différent de chacun d'eux. Il leur faut un jour laisser la place : la mort est la conséquence de la procréation. Réclamer l'immortalité, ce serait renoncer à ce processus, donc à l'unicité de chacun, et à la possibilité d'une définition de soi.

C'est pourtant ce désir qui justifie les tentatives de clonage humain. La technique est, en son principe, fort simple. Dans le noyau de chacune de tes cellules sont présents des chromosomes qui ont reçu une copie intégrale des informations rassemblées lors de la fusion de l'ovule et du spermatozoïde qui t'ont fait. La recette de fabrication de la totalité de ton organisme est inscrite dans ces noyaux. Pour fabriquer un double génétique de toi, il suffit donc de remplacer le noyau d'un ovule quelconque par le noyau d'une de tes cellules, de l'implanter dans un utérus et de déclencher la réalisation d'un embryon, qui deviendra fœtus, puis bébé, puis « toi plus jeune que toi ». En imaginant que cette manipulation soit recommencée à chaque génération, on obtient une ribambelle indéfinie de jumeaux identiques à toi, qui vivront alors que tu auras depuis longtemps disparu. N'est-ce pas l'éternité retrouvée ?

La réponse est non. Ces clones ont certes reçu la même information génétique que toi, mais ils ne sont pas la même personne que toi, car ils n'ont pas la même histoire. Avoir la même couleur de peau, ou le même groupe sanguin est bien dérisoire face aux différences provoquées par des aventures divergentes. Il suffit de songer au traumatisme subi par un de ces clones lorsqu'il regardera son jumeau plus vieux et aura devant lui l'image de ce que son corps deviendra dans quelques décennies. Cette préfiguration de ce qui l'attend risque de l'horrifier et de devenir une obsession l'empêchant de vivre le présent !

Tu as la chance de n'être pas immortel. Les progrès techniques ne pourront t'enlever ce privilège. Lorsque les religions affirment que Dieu est immortel, elles ne lui attribuent pas une caractéristique qu'Il pourrait ne pas avoir et que nous aimerions partager. En réalité, par ce mot, elles affirment l'impossibilité de Le penser en utilisant les catégories mentales qui nous permettent de décrire et d'essayer de comprendre le monde réel. Tous les mots forgés dans cet objectif sont donc des pièges lorsque nous les utilisons à son propos.

DE MA MORT À MON MOURIR

La mort étant la disparition de l'être, il est logiquement impossible de conjuguer le verbe être, à la première personne au présent ou au futur, avec l'adjectif mort. « Je serai mort » est autocontradictoire. Les philosophes l'ont fait remarquer ; un humoriste l'a illustré en proposant de parier qu'il était immortel ; ce pari il ne pourra le perdre puisque, le jour venu, il ne pourra en payer l'enjeu. Parler de sa propre mort est donc un exercice qui nécessite mille précautions si l'on veut éviter les non-sens.

Lorsque j'avais quinze ans, autant que je me souvienne, ma mort se situait dans un lointain si imprécis qu'il se perdait dans les brumes de l'avenir. La tâche de construire sa personne est à ton âge si lourde, si quotidiennement prenante, qu'il reste peu de temps pour évoquer l'instant où soudain elle aura disparu. Sans doute est-il préférable de n'y pas penser assez plutôt que d'y penser trop. Souvent, l'évidence que la mort est au bout de l'avenir est utilisée comme prétexte pour oublier la nécessaire attention au présent. La pire attitude, mais elle est si tentante, est celle des « à quoi bon ? ». Il est si facile d'admettre que « Tout est vanité ». Facile et aussi assez satisfaisant, car cela donne l'allure d'un vieux sage regardant avec le sourire les vaines agitations des actifs. Comment réagir contre cette fausse sagesse ? A vrai dire, je n'ai pas de formule magique ; comme chacun, je me heurte à l'inutilité des raisonnements et des mots face à l'impénétrabilité du mystère.

Car ma mort est le plus impénétrable des mystères. Le moindre événement où elle est impliquée prend une dimension autre. Je viens de l'éprouver au cours d'un épisode apparemment insignifiant, mais qui s'est incrusté en profondeur dans ma mémoire ; je ne peux m'en débarrasser ; il est prêt à resurgir inopinément, hors de propos, révélateur d'inquiétudes inconscientes.

Il s'agit d'un bien pauvre événement : la fin d'un petit chien inconnu. Il était blanc, frêle, semblable en plus petit au Milou de Tintin. Je l'ai aperçu à côté de ma voiture, courant comme un fou, droit devant lui, dans le flot du boulevard Saint-Germain. Egaré, il n'avait qu'une obsession, courir droit devant, le plus vite possible. Il mettait toute sa volonté, toute son énergie dans cette course éperdue. En dépit de sa taille, il parvenait à aller au rythme des voitures. Un vide s'est creusé dans le trafic ; il en occupait le centre, car les conducteurs l'apercevant s'écartaient pour ne pas l'écraser. Oubliant le jeu habituel des dépassements, soucieux de le protéger, touchés par cet acharnement d'un combat solitaire d'avance perdu, ils lui faisaient comme une haie d'honneur. Une connivence spontanée créait une solidarité autour du petit chien blanc. Mais, au croisement du Boul'-Mich', le feu est passé bientôt au rouge ; les conducteurs se sont arrêtés, et le petit chien blanc, poursuivant seul sa course obstinée et aveugle, est passé sous la roue d'une voiture du flot opposé. Il n'était plus qu'une boule sanglante de poils et de chair qu'une dame a ramassée.

Dans le monde qui m'entoure, les horreurs perpétrées, les catastrophes provoquées, sont d'un autre calibre que la mort de ce petit chien. Je le sais, mais devant la soudaineté de cette transformation brutale, irréversible, d'un être tout entier possédé par sa volonté de survivre en un objet détruit, cet épisode qui aurait pu être vite oublié est devenu pour moi un événement prêt à resurgir dans mon souvenir. Il était comme la métaphore d'une autre mort possible, la mienne.

La mort des autres est un épisode qui s'inscrit dans la succession des événements ; mais ma mort a nécessairement un autre statut.

Par définition, un événement partage la durée en deux ensembles : ce qui est antérieur, ce qui est postérieur. La mort d'un roi, celle d'un proche, jouent le rôle d'une frontière dans le temps, séparant l'avant de l'après. Ma mort mettra un terme à ce qui se situe *avant,* mais qu'elle soit pour moi le début d'un *après,* je ne peux, définitivement, le savoir.

Pour tenter de me frayer un chemin dans un domaine où toute exploration est une aventure labyrinthique, je me hasarde à une nouvelle métaphore. Il existe un événement, je l'ai déjà évoqué, qu'il est impossible de situer entre un avant et un après : le big-bang. Il est en effet défini comme l'origine de tous les éléments qui constituent l'univers ; il est donc aussi l'origine des interactions entre ces éléments et des événements qu'engendrent ces interactions. Or, c'est la succession de ces événements qui génère le temps.

Lorsque rien ne se produit, il n'y a aucune raison logique d'imaginer que quelque chose de mystérieux que l'on appellerait le « temps » s'écoulerait. « Lorsque rien ne se passe, il n'y a pas de temps passé », écrit saint Augustin. Nous sommes habitués à admettre que le temps a « toujours » existé, ce qu'expriment les légendes grecques en présentant Chronos comme le père de Zeus. Avec cette vision, le big-bang est ramené au rang d'un épisode parmi d'autres. Mais, dans cette phrase, le terme « toujours » ne peut avoir de signification, puisqu'il suppose la préexistence de ce temps que notre esprit s'efforce de cerner. Il nous faut faire l'effort d'une représentation nouvelle : lorsque nous remontons dans le passé, nous nous heurtons avec le big-bang à une muraille définitivement infranchissable, faute d'un *avant*.

Nous avons éprouvé la même difficulté lorsque nos profs de physique nous ont appris que la température a une limite inférieure, le zéro absolu. Habitués aux caractéristiques qui s'étendent allègrement de « moins l'infini » à « plus l'infini », nous étions choqués par cette limite. En fait, le paradoxe provenait simplement d'une mauvaise définition de la température ; il suffit d'en prendre le logarithme pour que la plage de variation soit sans limite. De même, en prenant le logarithme de la durée écoulée depuis le big-bang, celui-ci est rejeté à « moins l'infini », et l'on n'est plus tenté de poser la question de l'« avant ». C'est d'ailleurs très concrètement ce que font les astrophysiciens. S'efforçant de décrire les processus qui se sont déroulés au début de l'univers, ils décrivent des instants de plus en plus proches de ce début, à l'âge d'une seconde, un dixième de seconde, un millième... Dans vingt ans peut-être sera-t-on capable de remonter jusqu'à 10^{-1000} seconde, mais il est exclu que l'on atteigne l'instant zéro.

A titre d'exercice mental, il peut être utile d'appliquer la même méthode à l'autre pseudo-événement, celui qui a un avant mais pas d'après, ma mort. Il suffit de repérer les instants de ma vie à partir non plus du début, ma naissance, mais à partir de la fin. Certes, cette date est inconnaissable, mais les statisticiens et les démographes nous apportent le moyen de surmonter cette difficulté en introduisant le concept d'espérance de vie. Chaque année, à partir des tables de mortalité, je peux calculer cette espérance et constater qu'elle diminue plus lentement que le temps ne s'écoule : je ne « vieillis », au sens où je m'approche de ma mort statistique, que de huit mois par an. Et cette espérance n'est jamais rigoureusement nulle. Il suffit de mesurer mon âge par son logarithme pour reporter à l'infini l'épisode terminal.

Cette astuce mathématique ne convainc pas grand monde. Plus sérieusement, je peux orienter ma réflexion non plus vers l'instant de ma mort, qui ne peut avoir d'existence pour moi, mais vers la période finale précédant cette mort, ce que Montaigne appelle son « mourir ». Mon mourir fait partie de ma vie ; il en est même une période importante, car il peut permettre une récapitulation, une mise en cohérence, une recherche de sens. Encore faut-il que ce mourir soit vécu dans des conditions telles que l'état de l'organisme ne rende pas impossible la maîtrise de l'événement par la conscience.

Les progrès médicaux ont bouleversé ces conditions. Lorsque la mort n'est pas provoquée par un accident brutal (ce qui annule la durée du mourir), elle résulte de la défaite finale des efforts de l'entourage luttant contre la dégradation de l'organisme. Il vient un moment où, devant la vanité de ces efforts, la décision est prise d'y mettre fin ; à l'hôpital, la mort est synonyme d'arrêt des appareils faisant perdurer les métabolismes. Cette décision est arbitraire ; l'instant final n'est plus fixé par la nature, mais par une volonté extérieure. Comment garantir qu'elle s'exerce au mieux pour le mourant ?

Aujourd'hui, les discussions sont vives à propos de l'« euthanasie ». Un juste équilibre doit être recherché entre le désir de prolonger la vie, de « gagner du temps », et celui d'épargner des souffrances. Mais qui peut prendre valablement la décision alors que l'intéressé lui-même est souvent hors d'état de penser ou de s'exprimer ?

Les réflexions à propos de l'inévitable euthanasie renvoient, en les inversant, à celles proposées à propos de la « peine de mort ». Les unes comme les autres doivent tenir compte d'une double implication, celle d'un individu, celle d'une personne. L'équipe médicale s'occupe du premier ; malgré son savoir-faire, elle reconnaît son impuissance face aux dérèglements du corps ; l'individu ne peut plus poursuivre son chemin. Il faut donc accepter de rompre tous les fils dont la personne est l'origine. Il faut « donner » la mort. L'expression est juste ; la mort n'est pas alors infligée comme une peine ; elle est un don.

VIVRE

Finalement, l'évocation de notre propre mort incite soit à des jeux intellectuels bien vains soit à des constats d'impuissance. Si subtils soient ces jeux, si sincères ces interrogations, ils n'entament pas l'angoisse ; celle-ci n'est décidément pas soluble dans le raisonnement. Mieux vaut ne pas chercher à la faire disparaître et se contenter de lui attribuer une place pas trop grande dans notre conscience. Elle sera le compagnon permanent de ta vie ; mais il ne faut pas lui laisser la vedette. Si elle parle trop fort, sache la rappeler à la discrétion, au besoin en te rappelant que l'angoisse de la mort est ton alliée dans la lutte contre la tentation de l'immortalité.

Fille ou garçon

En commençant cette lettre, je craignais d'être gêné au long de son écriture par l'ignorance d'une caractéristique essentielle : es-tu une fille ou un garçon ? Je m'apprêtais à multiplier les (e) entre parenthèses à la fin des adjectifs et des substantifs à la façon des journalistes et des écrivain(e)s québécois(e)s. Etrangement, cette interrogation n'a pas posé de problème. Tu es un de mes arrière-petits-enfants ; lorsque je m'adresse à toi, que tu sois une fille ou un garçon n'a guère d'importance. Tu es pour moi un des « hommes » qui prendront le relais de l'aventure de l'espèce, ce qui implique que tu peux être une femme.

Nous rencontrons là une particularité de notre langue qui provoque bien des ambiguïtés. Le français ne comporte que deux genres, alors que de nombreuses langues, plus riches, en possèdent trois. Il ne me semble pas excessif de soutenir que ces deux genres sont le féminin et le neutre et non, comme l'enseigne la grammaire, le féminin et le masculin. Ces deux termes font explicitement référence aux deux sexes, femelle et mâle. En fait, cette référence a pratiquement perdu toute signification. Tout au plus certains mots peuvent-ils être considérés comme naturellement sexués car ils désignent des fonctions occupées par des femmes ou par des hommes. Les genres sont le plus souvent arbitraires : amour ou guerrier sont des mots masculins, guerre ou armée des mots féminins ; cet arbitraire varie d'une langue à l'autre, lune et soleil forment un couple dont les sexes sont opposés en français et en allemand. Le genre d'un mot devrait être considéré comme indépendant du sexe imaginaire de l'objet désigné et considéré le plus souvent comme neutre.

Cette ambiguïté de notre langue pose particulièrement problème lorsque l'objet étudié est l'être humain. Le mot « homme » désigne la totalité des membres de l'espèce, quel que soit leur sexe ; parmi eux, ceux qui sont dotés d'un utérus et peuvent par conséquent donner naissance à un enfant sont désignés par un mot spécifique, ce sont les « femmes » ; les autres (est-ce signe de modestie ou, au contraire une façon de s'approprier l'ensemble ?) ne bénéficient pas d'une désignation particulière ; selon le contexte, le même mot « homme » désigne ainsi la totalité de l'espèce ou seulement une moitié ; il est aussi exact de dire que la Terre est peuplée de 6 milliards d'hommes, que d'affirmer qu'il y a sur la Terre 3 milliards d'hommes.

Au-delà de ce constat platement grammatical, reste l'unité profonde de l'espèce. Cette unité biologique est démontrée par les généticiens qui ont cherché à définir des races humaines et qui ont dû y renoncer. Certes, les individus appartenant à cette espèce sont remarquablement divers ; les populations qui la constituent ont des dotations génétiques différentes, mais ces différences sont insuffisantes pour tracer entre elles sans trop d'arbitraire des frontières qui sépareraient les races. Cette unité résulte d'une évolution commune. Il suffit de remonter nos généalogies sur quelques milliers de générations (ce qui, dans l'histoire d'une espèce, est une période bien courte) pour trouver des ancêtres communs à tous les humains d'aujourd'hui. La seule frontière biologique réellement significative sépare les garçons des filles.

QUELQUES RAPPELS DE TES COURS DE BIOLOGIE

Permets-moi de te rappeler l'essentiel de ce qu'apprend la génétique à propos des sexes. La différence la plus importante apportée par la nature entre deux êtres humains ne sépare pas un homme noir d'un homme blanc ou une femme noire d'une femme blanche (un très petit nombre de gènes en sont responsables), un individu de « groupe B » d'un individu de « groupe A », ou un « rhésus + » d'un « rhésus — » (un seul gène provoque cette appartenance) ; elle sépare un homme d'une femme, car cette différence résulte non de quelques gènes mais d'un chromosome entier.

Parmi les vingt-trois paires de chromosomes qu'il a reçues, un homme (au sens mâle) possède une paire faite de deux chromosomes différents, désignés par les lettres X et Y, son génotype s'écrit (XY), tandis qu'une femme possède une paire homogène, deux X, son génotype est (XX). La construction de leurs organismes s'est donc déroulée en fonction de programmes différents et a emprunté deux voies divergentes.

Cette différence résulte d'un événement qui se produit à l'instant même de la conception. Les ovules fournis par la mère comportent tous vingt-trois chromosomes dont un X, tandis que les spermatozoïdes fournis par le père comportent vingt-trois chromosomes dont, avec des probabilités égales, soit un X, soit un Y. Tout se joue donc lors de la rencontre de ces deux cellules ; selon la dotation du spermatozoïde qui a pu pénétrer, le futur enfant est défini comme une fille (XX) ou comme un garçon (XY). Quels mécanismes fins orientent les événements vers tel résultat ou vers tel autre ? Nous l'ignorons. Force est de raisonner comme s'il était le fruit du hasard ou, en employant des termes plus rigoureux, en admettant qu'il est aléatoire, avec une probabilité d'un sur deux pour chacune de ces possibilités.

Une fois la fusion des deux gamètes achevée, le sort est décidé, la bifurcation est dépassée ; le chemin qui vient d'être choisi conduira soit vers un organisme développant tout ce qui est nécessaire pour produire des ovules et mener à bien une gestation, soit vers un organisme capable de produire des spermatozoïdes. Mais les organes dits « sexuels » ne sont pas les seuls à présenter des différences : chaque cellule du corps a reçu une copie de la dotation génétique globale, elle « sait » qu'elle appartient à un organisme féminin ou masculin. Quelle que soit sa fonction, elle est marquée par cette appartenance.

Cette compréhension du mécanisme de la procréation et de la définition biologique du sexe est récente ; elle est un des apports du XXe siècle. Nous commençons seulement à en tirer les conséquences et à remettre en cause les idées véhiculées par toutes les légendes qui peuplent notre imaginaire et qui, dans ce domaine, sont particulièrement nombreuses, car le mystère de la procréation est sans doute celui qui sollicite le plus notre imagination.

Ce « mystère » est maintenant expliqué par un processus bien simple : pour déclencher la fabrication d'un embryon, il suffit de compléter un ovule, dont le noyau ne contient que la moitié de la dotation génétique de la mère, par le noyau d'un spermatozoïde qui contient la moitié de la dotation du père. Cette compréhension nouvelle débouche sur la possibilité de provoquer des événements différents de ceux réalisés spontanément par la nature. Par exemple, pourquoi ne pas apporter à un ovule, comme seconde moitié de dotation génétique, le contenu du noyau d'un autre ovule et non d'un spermatozoïde ? Si cette manipulation réussit un jour, l'enfant sera nécessairement une petite fille, puisque aucun chromosome Y n'entrera dans le jeu ; elle aura deux mères. On peut ainsi élaborer un projet humain qui réjouit certaines : une humanité de femmes qui procréent des filles. Pourquoi pas ? De telles perspectives méritent pour le moins réflexion, tout autant que celle du clonage consistant à insérer dans un ovule le noyau d'une cellule appartenant à un individu vivant : l'enfant ainsi conçu aura la même dotation génétique que cet individu, il sera biologiquement son double, son « clone ». Tout l'aspect aléatoire de la procréation serait ainsi éliminé. Voilà de quoi débattre dans le cadre de la démocratie de l'éthique.

Il ne s'agit, pour l'instant, que de projets qui nourrissent surtout l'imagination des auteurs de romans de science-fiction ; mais ta génération connaîtra certainement en ce domaine des exploits techniques étranges. Ces extrapolations ont le mérite, en explorant d'autres possibilités que celles offertes par la nature, de nous montrer à quel point notre regard sur le rôle des sexes, tel qu'il a été construit par nos cultures, est porteur de fantasmes liés aux explications d'autrefois, dont nous savons maintenant qu'elles étaient sans liens avec la réalité.

Une des erreurs les plus porteuses de conséquences a été la réponse donnée par les Grecs aux interrogations sur la procréation. Un individu est un être par nature indivisible ; en bonne logique, il ne peut avoir deux sources ; un enfant n'a donc, malgré les apparences, qu'un seul véritable géniteur. Sans trop se poser la question, les philosophes grecs ont admis que c'était le père. La conséquence de cette hypothèse est que les hommes possèdent dans leur organisme les éléments essentiels à partir desquels seront réalisés leurs enfants ; ce sont eux qui apportent la semence, les femmes ne sont qu'un terrain attendant d'être fécondé.

Comme toutes les réponses apportées aux questions primordiales, cette vision de la succession des générations a des conséquences « politiques », elle justifie la maîtrise de l'organisation de la cité par les hommes. Puisqu'ils portent en eux les caractéristiques des enfants qu'ils procréeront, ils sont les dépositaires de l'avenir de la communauté ; il est normal de les considérer comme des citoyens, et de refuser ce statut aux femmes. Pendant les nombreux siècles où l'argument d'autorité, « Aristote l'a dit », suffisait à emporter la conviction, cette explication n'a guère été remise en question. Notre culture est encore profondément marquée par cette croyance qui est à l'opposé de la réalité.

La marque la plus évidente de cette erreur acceptée est la règle adoptée pour la transmission des noms de famille. Que l'enfant porte le nom de son père ne peut se justifier que par adhésion à la théorie d'Aristote, donnant au père le rôle d'un semeur ; chacun sait pourtant qu'elle est fausse. En bonne logique, la découverte de Mendel (chaque être sexué résulte d'un tirage au sort d'informations, moitié chez sa mère, moitié chez son père) aurait dû entraîner la disparition des noms de famille. Etre un « Jacquard » ou un « Dupond » n'a rigoureusement aucun sens. Il se peut que le chemin généalogique qui mène de moi à toi ne concerne que des mâles, dans ce cas tu es un, ou une, « Jacquard » ; mais ce détail ne te rend pas plus proche de moi que si tu portes un autre nom en raison de l'intervention d'une femme sur ce chemin. Cette règle a une conséquence dont on se demande comment les femmes ont pu la supporter si longtemps : la perte de leur nom soit pour elles-mêmes, soit pour leurs enfants. Mais donner aux enfants le nom de leur mère ne serait pas plus conforme à la réalité de la transmission.

La suppression des noms de famille, au nom de la lucidité nouvelle, aurait provoqué un bouleversement des coutumes, une remise en cause de l'image que chacun a de soi-même, si profondes que les législateurs ont préféré ne rien changer. Un timide premier pas vient d'être accompli par ceux des Pays-Bas ; depuis 1998, les couples peuvent décider, à la naissance du premier enfant, du nom que portera leur progéniture, et chaque enfant peut modifier ce choix lors de sa majorité.

L'appartenance à une « grande famille », à une tribu, a certes du sens si l'on évoque la culture, la façon de se comporter, de modeler sa personnalité, elle n'est que dérisoire si l'on s'intéresse à la définition biologique de chacun. Etrangement la science, dans ses premiers balbutiements, avait semblé apporter des arguments en faveur de la vision des Grecs. En découvrant les spermatozoïdes à la fin du XVIIe siècle, l'inventeur du microscope, Leeuwenhoek, crut distinguer, dans la tête de ces minuscules animaux, des petits hommes tout faits, des « homuncules ». Les mâles avaient donc bien, dans le processus de procréation, une importance supérieure à celle des femelles. La nature, ou Dieu, avait voulu ce rapport de supériorité ; comment ne pas en tenir compte dans l'organisation de la cité ?

Cependant, à la même époque, la découverte des ovules a permis de soutenir la théorie opposée. Beaucoup plus volumineux que les spermatozoïdes, ils peuvent plus facilement contenir la maquette de l'enfant à venir. Il est raisonnable d'imaginer que c'est en eux que l'enfant est préfabriqué, ce qui réduit à peu de chose le rôle du père. Une lutte sévère a alors opposé spermatistes et ovistes. Les deux camps avaient d'excellents arguments, mais leurs raisonnements aboutissaient, les uns comme les autres, à des conclusions qui permettent aujourd'hui de constituer facilement de pittoresques bêtisiers. Ainsi un savant médecin partisan de l'ovisme pouvait-il soutenir au XVIIIe siècle qu'« une femme pensant fortement à son mari au milieu de ses plaisirs illicites fait, par la force de son imagination, un enfant qui ressemble parfaitement à celui qui n'en est pas le père ».

Un collégien d'aujourd'hui a le savoir nécessaire pour anéantir ces fantasmes. Mais ce savoir risque fort de rester emmagasiné dans son cerveau à côté d'informations aussi dépourvues d'intérêt que la date de la bataille de Marignan ou la valeur du nombre pi. Tu connais les lois de Mendel, tu sais lire un caryotype, mais en as-tu tiré les conséquences pour ton comportement quotidien ?

LES SEXES ET LEURS RÔLES

Vivre ensemble, c'est répartir les rôles. Les uns travaillent et produisent, d'autres élèvent les enfants, d'autres font la guerre ou la font faire, d'autres encore s'adressent aux dieux ou aux esprits de la forêt pour obtenir leur bienveillance... Dans ce partage des tâches, le fait d'être femme ou homme intervient tout naturellement, ne serait-ce qu'en raison des aptitudes physiques différentes. Ces différences créent entre les sexes des hiérarchies variables selon que la qualité nécessaire est la force immédiate ou l'endurance, la vitesse à la course ou la résistance aux privations. Pour certaines, les hommes l'emportent, pour d'autres, les femmes. Mais pourquoi la répartition des rôles résultant de ces différences justifierait-elle, quelles que soient les cultures, une hiérarchie globale des sexes donnant à l'un autorité sur l'autre ?

Pour camoufler l'arbitraire du résultat, l'autorité des religions a été utilisée. Prétendant donner réponse à toutes les questions au nom, par exemple, d'une révélation, celles-ci ont le plus souvent affirmé que la supériorité des hommes sur les femmes résultait d'une décision du Créateur. Aucune mise en question n'est plus alors possible.

La plupart des légendes expliquant l'origine du cosmos, de la Terre, de l'ensemble des êtres vivants ou de notre espèce donnent une antériorité à la création de l'homme, la femme ne vient qu'après coup, comme un détail supplémentaire initialement oublié par le Créateur. Ainsi, dans la Bible, Yahvé qui avait jusque-là trouvé « bonnes » toutes ses créations, s'aperçoit d'une erreur qu'il a commise à propos d'Adam : « Il n'est pas bon que l'homme soit seul », et il tire de lui Eve. Cette succession dans le temps est le signe d'une succession hiérarchique : Dieu, puis l'homme, puis la femme. C'est ce que manifeste, dans la mythologie indienne, le premier homme, Manu, affirmant que les femmes doivent révérer leur mari « comme un dieu ».

La religion chrétienne est parfois allée plus loin encore en présentant la femme comme l'ennemie de Dieu et l'alliée du démon. Un de ses pères fondateurs, saint Jean Chrysostome que son éloquence a fait surnommer « saint Jean bouche d'or », n'a pas hésité à s'écrier : « Souveraine peste que la femme ! Dard aigu du démon ! Par la femme, le diable a triomphé d'Adam et lui a fait perdre le paradis. » Les Epîtres de saint Paul ne sont guère plus tendres pour les femmes ; ainsi dans l'Epître aux Ephésiens : « Que les femmes soient soumises à leurs maris, car le mari est le chef de la femme, comme Jésus-Christ est le chef de l'Eglise. » Tout au long de son histoire, l'Eglise catholique romaine a manifesté sa crainte de tout ce qui est féminin, au point même de parfois poser la question :

« Les femmes ont-elles une âme ? » Reconnaissons que la réponse a été positive ; mais le fait même de s'interroger est significatif. Encore maintenant l'Eglise, s'appuyant sur le fait que Jésus-Christ était de sexe masculin, dénie aux femmes le droit d'exercer certaines fonctions ou d'accéder à la prêtrise.

Notre culture occidentale d'aujourd'hui est l'héritière de ces idées transmises et acceptées de génération en génération. Les Athéniennes de l'époque de Platon ne pouvaient être des citoyennes ; les Françaises ont voté pour la première fois en 1945*, alors qu'à l'issue de la guerre de 1914-1918 le droit de vote avait été accordé aux femmes dans de nombreux pays européens et l'avait été dès 1869 aux citoyennes de l'Iowa, dans le Middle West américain. Le mépris pour la capacité des femmes à participer aux affaires de la cité n'avait guère évolué dans notre pays en deux millénaires.

Le passage de ma génération n'a pas été marqué par une évolution très rapide ; nous sommes encore loin d'une situation égalitaire. Même lorsque les textes proclament l'égalité de l'accès aux fonctions, la pression des habitudes rend cet accès d'autant plus difficile aux femmes que ces fonctions impliquent du pouvoir.

Ainsi, le concours d'entrée à Polytechnique a été ouvert aux jeunes filles en 1972 ; dès la première année, elles ont été 7 à intégrer (dont « la » major) sur 315. Ce faible pourcentage peut s'expliquer par la nécessité d'une mise en régime

* Selon l'ordonnance d'Alger du 22 avril 1944, article 21 : « Les femmes sont électrices et éligibles dans les mêmes conditions que les hommes. » Certains commentateurs ont alors fait remarquer que l'absence des hommes prisonniers risquait de rendre aventureux le vote des épouses privées de leur « éducateur naturel ».

progressive. Mais cette progression a vraiment été bien lente : sur 320 en 1980, 33 sur 390 en 1990, 57 sur 433 en 1997. Après un quart de siècle de parité recherchée, la proportion des filles n'est encore que de 13 p. 100. Certes, les concours ont lieu dans des conditions d'équité rigoureuses ; aucun obstacle réglementaire ne s'oppose au succès des filles ; mais dès l'adolescence, les étudiants baignent dans un brouillard d'idées reçues affirmant que les femmes ne sont pas « faites pour les études scientifiques ». Cette affirmation, par sa répétition, par l'acceptation générale qu'elle rencontre, devient autoréalisatrice ; elle crée les conditions qui finissent par la rendre vraie.

GÉNÉTIQUE ET FATALITÉ

L'opposition hommes-femmes est le cas limite d'un déterminisme social prenant le relais d'un déterminisme génétique. Il est bien clair que toutes les caractéristiques biologiques associées au statut masculin ou féminin résultent de processus étroitement dirigés par les gènes reçus. Notre comportement est, dans de nombreux domaines, conditionné par nos caractéristiques biologiques, rien de ce que nous manifestons n'est totalement indépendant de nos gènes, en particulier de ceux qui décident de notre sexe. Que nous soyons femme ou homme intervient dans le moindre de nos gestes, la plus insignifiante de nos réactions. Mais comment préciser l'importance de cette dépendance ? Classiquement, la question est posée sous la forme :

quelles sont les parts du biologique et du social dans tel comportement ? Autrement dit : quelles sont les parts de l'« inné » et de l'« acquis », de la « nature » et de l'« aventure » ?

Ces questions paraissent pertinentes, bien posées. Et pourtant elles constituent un piège. L'enseignement que tu as reçu t'a donné le réflexe, face à une question, de chercher la réponse. L'attitude première devrait être de vérifier que cette question a du sens, et de préciser quels présupposés sont nécessaires pour justifier ce sens.

Dans le cas du problème des « parts de l'inné et de l'acquis », la façon même dont il est formulé oriente la réflexion vers une impasse. Pour t'en persuader, je te propose une image. Tu es dans un voilier et tu veux te diriger vers l'ouest, mais justement le vent vient de l'ouest et te pousse dans la direction opposée. Le vent est contre toi. Il y a pourtant une solution : « tirer des bords » en te dirigeant alternativement vers le nord-ouest et vers le sud-ouest. Bien que contraire, le vent te fait avancer, car la résistance de l'eau engendre une force qui, associée à celle du vent, donne une résultante allant dans ces directions. Tu te heurtes à deux obstacles : l'eau qui résiste à ton passage, le vent qui te pousse dans la direction opposée ; mais leurs actions conjuguées te permettent de réaliser ton projet. Si l'on pose la question : quelles sont les parts de l'eau et du vent dans la vitesse obtenue ?, il ne faut évidemment pas répondre. Aucune de ces deux causes ne peut, isolée, produire cet effet ; celui-ci ne résulte pas d'une addition des forces en action ; il est obtenu par la conjugaison de leurs actions.

Qu'il s'agisse d'un voilier soumis aux forces du

vent et de l'eau ou d'une personne façonnée par sa dotation génétique et par son milieu, l'évocation de « parts » associées à chacune des causes en action présuppose une addition de celles-ci, or, c'est leur interaction qui intervient. Faire de beaux calculs pour déterminer ces parts, c'est donc participer à une mystification.

Quel que soit le vent, le marin peut choisir sa direction, car il est capable de ruser avec lui. Quelle que soit sa dotation génétique, chaque être humain peut choisir son objectif de vie, car il peut s'efforcer d'en déjouer les mécanismes. Bien sûr, pour le marin, ce choix n'est pas toujours réalisable ; la tempête est parfois trop violente ou le calme trop plat, mais se battre contre ces coups du sort donne sens à la succession des jours. De même, des gènes peuvent dresser des barrières infranchissables devant certains projets, mais le rôle de la société est de permettre à chacun de les contourner.

L'exemple le meilleur est celui d'une maladie, la phénylcétonurie, provoquée par la possession en double dose d'un gène empêchant le bon déroulement d'un certain métabolisme (la dégradation d'une substance, la phénylalanine, qui s'accumule dans le cerveau). Autrefois, les enfants ayant reçu cette dotation étaient victimes d'une lente détérioration de leur intelligence. Aujourd'hui, ayant compris les diverses étapes du mécanisme en cause, le médecin est capable d'intervenir sur le déroulement de certaines de ces étapes et d'éviter cette détérioration grâce à un régime alimentaire approprié. L'effet réel de ces gènes n'est pas la maladie elle-même, mais l'erreur de métabolisme. L'erreur est toujours présente ; qu'importe, puisque les soins prodigués empêchent la maladie de se manifester.

Un gène ne peut être considéré comme fatal que pour la courte séquence des événements qui dépendent exclusivement de lui. Dès que d'autres causes interviennent, la fatalité s'estompe, et même dans certains cas s'efface.

Ce constat est aussi valable pour l'ensemble de gènes qui décide de notre sexe. Le destin, fille ou garçon, est écrit dès l'instant de la conception ; mais l'aventure, femme ou homme, se nourrit des péripéties de toute une vie. C'est ce que constate l'affirmation célèbre de Simone de Beauvoir : « On ne naît pas femme, on le devient. »

Cette affirmation peut être comprise comme une négation de la réalité biologique, j'y vois surtout le constat d'une évidence : lorsque de multiples déterminismes s'enchevêtrent, la prévision de la suite des événements est rendue impossible ; il est donc raisonnable d'admettre que l'état des choses de demain n'est pas inclus dans l'état d'aujourd'hui. Cela est vrai pour les météorologistes ; ils renoncent à annoncer le temps plus de quinze jours à l'avance tant les mécanismes en jeu sont multiples et imbriqués. Combien cela est plus vrai encore pour la construction d'une personne, fruit d'innombrables influences ! Si je connaissais ton caryotype, je pourrais dire quel est ton sexe biologique ; cela me renseignerait bien peu sur l'aventure que tu développeras.

Cette imprévisibilité est peu confortable pour ceux qui aiment être entourés d'un monde stable. Par timidité devant la multiplicité des possibles, par peur d'un avenir qu'il faut imaginer avant de le construire, ils préfèrent admettre que tout est déjà joué. Cette attitude de passivité est, pour tout ce qui concerne le sexe, celle de notre société entière. En décidant que tels rôles sont féminins, tels autres masculins, elle camoufle une répartition arbitraire de ces rôles derrière une prétendue loi naturelle. Or, cette loi naturelle ne concerne que les fonctions physiologiques liées à la procréation et à la gestation. Tout le reste est affaire de politique et de choix culturel.

VERS L'ÉGALITÉ

Ces choix sont si profondément ancrés dans nos habitudes de pensée et d'action que leur caractère arbitraire, gratuit, n'est plus perceptible. Il saute parfois aux yeux à l'occasion du choc avec une autre culture. Ainsi en Europe, il est évident que les activités de couture sont réservées aux femmes (à l'exception de la « haute couture » où brillent aussi, en artistes, quelques hommes) ; mais dans les rues des villes d'Afrique noire, les machines à coudre sont toutes utilisées par des hommes. Au nom de quoi décider que l'une de ces attitudes est plus conforme que l'autre à la nature ?

Mais ces chocs sont rares, et concernent surtout des aspects anecdotiques de la vie en commun. Les remises en cause, dans notre société si facilement persuadée d'être un modèle pour tous, sont mal acceptées. Le rôle dévolu aux femmes a surtout été récusé par quelques-unes d'entre elles, à la personnalité forte, qui ont osé braver les tabous et sortir du rôle que la société leur imposait. Elles revendiquaient notamment le droit de vote, qui leur permettrait de jouer un rôle actif dans la cité et de modifier leur statut.

La lenteur des transformations politiques qui ont peu à peu accordé aux femmes des droits élémentaires montre à quel point les révolutions essentielles nécessitent une longue durée. A la fin du XIXe siècle, le combat des femmes pour les droits politiques a été lié à la protection sociale des mères et la reconnaissance de la maternité comme un service rétribué par l'Etat. Les féministes adeptes du mouvement néomalthusien revendiquaient le contrôle de la procréation ; ainsi Nelly Roussel, en 1904, défend publiquement la contraception et appelle à la « grève des ventres ». Même naturelle, cette fonction doit être décidée et non subie.

Ce refus a paru à l'époque si révolutionnaire qu'il s'est heurté à l'opposition aussi bien des pouvoirs publics que des pouvoirs religieux. La guerre de 1914-1918 a mis fin pour près d'un demi-siècle à cette tentative de libération. Après l'hécatombe, le souci des autorités était de repeupler le pays pour préparer la prochaine guerre ; une loi promulguée en 1920 a interdit toute propagande en faveur des moyens contraceptifs*.

Cet état d'esprit doit te sembler moyenâgeux. Il était encore répandu il y a trente ans et n'a pas vraiment disparu. Je me souviens avoir vu, au cours des années 70, sur les murs de Paris, des affiches produites par une agence gouvernemen-

* La loi du 23 juillet 1920 punit d'emprisonnement et d'amendes quiconque aura provoqué le crime d'avortement, vendu ou divulgué des objets, remèdes ou procédés dans un but de propagande anticonceptionnelle.

tale montrant un beau bébé avec ce conseil : « Faites des enfants pour que la France soit puissante. » On ne saurait plus ingénument admettre que la finalité de la procréation, événement individuel, est la puissance de la nation, et ramener les femmes à la fonction de productrices des troupes de travailleurs et de soldats nécessaires à la prospérité et à la gloire du pays. Aujourd'hui, des « commandos anti-IVG » viennent perturber les services de gynécologie des hôpitaux chargés des interruptions de grossesse ; des médecins qui y opèrent sont menacés de mort. Nous ne sommes donc pas débarrassés de fantasmes d'un autre âge. Mais le changement des mentalités est irréversible.

La mise au point de procédés contraceptifs plus efficaces et d'emploi plus simple a fait reculer le lien, autrefois ressenti par les jeunes femmes comme une lourde fatalité, entre l'activité sexuelle et la procréation. En quelques décennies, les données de ce problème de toujours ont été bouleversées. Le rôle du sexe dans la structure sociale a été remis fondamentalement en question. Désormais, le plaisir n'est plus lourd des mêmes conséquences. C'est une liberté nouvelle qui semblait apparaître, lorsque l'épidémie de sida est venue brouiller le regard dans un domaine si important pour l'épanouissement de chacun. Aujourd'hui, tout semble à réinventer. Ta génération aura à faire preuve d'imagination pour définir de nouveaux repères.

Et, une fois de plus, réinventer l'amour.

La compétition contre le sport

Fille ou garçon, tu sens en toi un débordement d'énergie qui te pousse à participer à des manifestations collectives où les performances permises par tes nerfs et tes muscles te procurent des satisfactions intenses. Lorsque tu étais encore un enfant, il s'agissait de jeu, aujourd'hui, probablement, il s'agit de sport. Tu ressens un véritable orgueil lorsque ton équipe l'emporte sur l'adversaire, car, bien sûr, pour toi, sport implique compétition. Je vais te surprendre, même te scandaliser, en te disant tout le mal que je pense de l'association de ces deux termes. Voici un chapitre avec lequel tu seras sans doute en total désaccord. J'espère cependant faire entrer dans ton esprit un doute salutaire.

COUPE DU MONDE

Le souvenir en a certainement disparu, mais le grand événement de 1998 pour la France a été d'organiser la Coupe du monde de football et de la remporter. Impossible, durant les cinq semaines qu'elle a duré, d'échapper à l'omniprésence de la compétition. Que je le veuille ou non, j'étais au courant des événements les plus anodins pouvant influencer la santé de Fabien Barthez, le gardien de but, ou l'humeur d'Aimé Jacquet, l'entraîneur ; je ne pouvais éviter l'agression des informations, des commentaires, des images concernant chaque rencontre. Pourtant je ne suis pas parvenu (je ne l'ai pas caché, au risque de passer pour un rabat-joie, un pisse-vinaigre, un destructeur d'enthousiasme) à trouver le moindre intérêt à ces spectacles, qui me semblaient très semblables à ceux offerts aux Romains de la décadence : quelle différence entre un joueur recruté aujourd'hui à prix d'or pour renforcer une équipe et un gladiateur acheté il y a vingt siècles pour distraire le peuple au Colisée ?

J'ai cependant, à ma grande surprise, été moi aussi emporté pendant quelques instants par la vague où s'ébrouaient mes compatriotes.

Paradoxalement, mon manque d'intérêt pour cet événement, ou plutôt mon agacement affiché de ne pouvoir l'ignorer, m'a valu une invitation à participer aux commentaires que devaient formuler quelques spécialistes en direct sur France Inter, à la suite du match Angleterre-Argentine. Mon rôle devait être celui du naïf qui n'a rien vu, rien compris. A mon arrivée dans le studio de Radio France, à l'heure prévue pour la fin de la partie (je ne m'étais pas engagé à la voir), les deux équipes sont à égalité ; elles doivent donc jouer des prolongations, qui me semblent bien longues (et doivent sembler aux joueurs plus longues encore, mais qui rapportent, paraît-il, beaucoup d'argent aux publicitaires). A mon corps défendant, cependant, mes yeux restent fascinés par cet écran montrant des mouvements, des flux et des reflux toujours recommencés d'un bout à l'autre du terrain à la poursuite d'un ballon feu follet ; j'admire la puissance dans l'offensive de l'équipe en bleu, l'intelligence dans la défensive de l'équipe en blanc, sans vouloir savoir qui, argentin ou anglais, est blanc ou bleu. Insensiblement, malgré moi, mon indifférence initiale fait place à une préférence, sans motif raisonnable, pour les blancs ; je suis soulagé lorsque le ballon lancé par les bleus passe au-dessus des buts. Je suis désolé lorsqu'un blanc se laisse déposséder du ballon. Je n'en suis pas encore à pousser des cris, comme mes voisins du studio, aux instants décisifs, mais je sens que j'en serais bientôt capable si la cure d'intoxication se prolongeait.

Heureusement, elle prend fin avec la victoire des bleus. Il me faut quelques instants pour reprendre mes esprits et jouer le rôle que l'on attend de moi, celui de l'empêcheur de jouer en rond qui viendra ironiser facilement face aux enthousiasmes des supporters.

Je dois l'avouer, je me suis un instant laissé prendre par le besoin de choisir mon camp, d'en souhaiter la victoire, de m'identifier stupidement à l'équipe vêtue de blanc, pour la seule raison qu'elle semblait évoluer avec plus d'élégance. Le constater ne fait que rendre plus vive ma colère contre cette drogue si pernicieuse qu'il suffit d'un regard sur un écran de télévision pour en subir aussitôt l'envoûtement. Car à la question : « Qu'est-ce donc qui me passionnait ? », je ne saurais répondre. Le mouvement de l'image lui-même suffisait à polariser mon attention. Un psychologue aurait sans doute expliqué cette fascination par l'emprise de mon cerveau limbique ou de mon cerveau reptilien, capables de dominer mon néocortex, d'en orienter l'activité, de submerger toute réaction un peu raisonnable. C'est le primate, le lointain mammifère, ou même, qui sait ?, le reptile primitif qui, en moi, devenait le maître.

Ce mécanisme de régression vers les origines, source de satisfactions primordiales, est probablement à l'œuvre chez la plupart des fervents de ce prétendu sport. Les hooligans qui, après le match, fêtent leur victoire ou se vengent de leur défaite en saccageant le stade et les rues voisines ne sont que la révélation à l'état natif d'un processus qui peut se déclencher à tout moment lorsque des foules sont appelées à se passionner pour le résultat d'une compétition. Et cela d'autant plus facilement que cette compétition est présentée comme opposant non pas deux équipes, mais deux nations. Tous les sentiments de frustration liés aux mésaventures passées de ces nations (laquelle pourrait s'enorgueillir de n'avoir vécu que des épisodes glorieux, de n'avoir connu que des victoires ?) viennent alors nourrir la passion non seulement de gagner mais d'écraser l'autre, éventuellement dans les tribunes, comme au stade du Heysel il y a dix ans, lorsque cela n'a pu être réalisé sur la pelouse.

Personne ne met en doute le caractère malsain de ces débordements, mais leur justification est trouvée dans le constat qu'ils provoquent, tout compte fait, moins de victimes qu'une guerre. La confrontation sportive est présentée comme un exutoire aux haines qui autrefois aboutissaient à des hécatombes sur les champs de bataille. Chaque nation délègue ainsi à onze de ses fils, pour le foot, à quinze pour le rugby, le soin de la représenter, à la façon des Romains et des

Albins se déchargeant sur les trois Horaces et les trois Curiaces du soin de décider du sort de la bataille. L'affaire alors ne fit que cinq victimes, certainement beaucoup moins que la bataille générale qui se préparait. La méthode aurait donc du bon. Mais ce raisonnement paraît un peu court.

POURQUOI GAGNER ?

Plutôt que de détourner ce besoin de victoire vers les champs clos que sont les stades, ne serait-il pas préférable de rechercher la cause de ce besoin, et de s'apercevoir probablement que les compétitions sportives en sont justement l'une des sources, certes de peu de poids parmi de nombreuses autres, mais nullement insignifiante. Elles diffusent comme une évidence l'idée que l'épreuve sportive est nécessairement une bataille impliquant un gagnant et un perdant, car tout, dans la vie des individus ou des collectivités, se résume à ces batailles. Prétendre s'y opposer est faire preuve d'irréalisme, sinon d'angélisme, car, paraît-il, la lutte est dans la nature humaine, et même dans la nature de tout ce qui est vivant. Une interprétation rarement remise en cause de la théorie de l'évolution présente même la lutte comme le facteur essentiel de l'amélioration progressive des espèces. L'évocation de la « sélection naturelle » constitue l'argument décisif. En fait, cet argument est doublement fautif.

Certes, la sélection naturelle, telle que la présente Darwin, est bien l'un des facteurs qui provoquent, au fil des générations, une transformation du patrimoine génétique collectif, et donc des performances du groupe ; mais elle n'est ni seule ni toujours déterminante. Le hasard des mutations, et la survie de ceux qui reçoivent des gènes nouveaux, même lorsqu'ils sont, dans l'immédiat, défavorables, doivent être pris en compte pour expliquer les bonds en avant qui ont permis à certaines espèces d'explorer de nouvelles voies évolutives. N'oublions pas que, en tant que primate, Homo a été au départ plus victime que bénéficiaire des mutations qui le distinguent du chimpanzé. L'hypertrophie de son cerveau, qui a rendu nécessaire une naissance prématurée, était initialement une caractéristique biologique néfaste. Ce n'est pas grâce à leur dotation de neurones en surnombre, mais malgré elle, que nos premiers ancêtres ont pu l'emporter dans la lutte pour la vie, car cette dotation créait une incohérence entre la taille du crâne du fœtus et celle du bassin de la mère. Entraînant la nécessité de donner naissance à des petits dépourvus de la moindre autonomie, cette incohérence constituait un handicap sévère. Ce n'est que dans une seconde phase que l'activité intellectuelle permise par cette dotation a transformé le handicap en avantage.

Il n'est pas possible de présenter l'évolution de l'ensemble du monde vivant comme une amélioration continue aboutissant aux espèces actuelles. Elle a exploré des impasses et donné parfois leur chance à des nouveautés étranges apparemment sans avenir. S'ils avaient été en compétition avec les chimpanzés, nos ancêtres auraient couru les plus grands risques. Ne cherchons pas dans les « lois de la nature » la justification de rapports, entre individus ou entre groupes, fondés sur la lutte.

N'y cherchons pas non plus des leçons de morale ou de comportement. Même si la « loi de la nature » était de nous battre les uns contre les autres, il n'y aurait aucune nécessité à nous y conformer. Le propre de notre espèce est au contraire de chercher à nous affranchir des contraintes naturelles. La nature nous a faits incapables de voler, et nous volons plus vite et plus haut qu'aucun oiseau ; elle nous a chichement mesuré la durée de notre vie, mais nos victoires contre la maladie, contre la mort, nous ont permis de la prolonger ; dans la nature, en raison surtout d'une mortalité infantile catastrophique, l'espérance de vie à la naissance d'un petit d'homme est de l'ordre de vingt à trente ans, aujourd'hui dans les pays disposant d'un système sanitaire évolué elle dépasse soixante-dix ans pour les hommes, quatre-vingts pour les femmes. Il est permis d'espérer que, pour ta génération, elle s'approchera de cent ans. Nous avons fait là un véritable « bras d'honneur » à la nature. Non, ce n'est pas en copiant ce qu'elle fait que nous devons définir notre conduite ; car elle ignore l'avenir, et ne peut donc avoir de projet, alors que nous sommes obsédés par demain. Même si elle nous incitait à la lutte, à la compétition, nous n'avons pas à l'écouter ; c'est à nous de choisir notre façon de vivre ensemble.

Le sport devrait justement être une occasion de réfléchir à la « façon de vivre ensemble ». Le passage du simple jeu à une activité réellement « sportive » est lié à l'importance donnée aux règles qui définissent ce qui est permis et ce qui ne l'est pas. « Soyons sportifs » signifie « Comportons-nous en respectant les règles que nous acceptons dès lors que nous décidons de participer ». Ce respect est incompatible avec l'obsession du gain de la partie. Regarder un match comme une compétition, c'est nécessairement anéantir son caractère sportif. La compétition tue le sport.

L'importance du rôle de l'argent dans l'événement en est une preuve suffisante. Que d'amis m'ont reproché une interview parue peu avant la finale de la Coupe du monde où je conseillais, à propos de l'enthousiasme suscité par l'équipe de France, de ne pas oublier que ces héros étaient très bien payés. L'annonce, après coup, que chacun avait reçu une prime équivalant à cinquante années de SMIC, a d'ailleurs refroidi cet enthousiasme.

C'est la motivation même des participants qui est pervertie par le lien entre le résultat et leurs gains. La mésaventure bien connue du personnage qui voulait, il y a quelques années, devenir maire de Marseille en est l'illustration.

Son ambition, dans une démocratie telle que la nôtre, était légitime. Chacun peut prétendre à une fonction soumise au suffrage universel. Comment parvenir à ce poste convoité par beaucoup d'autres ? La réponse lui a été donnée par tous les politologues : en donnant à la ville une équipe de foot qui gagne, car c'est cela qu'attendent les Marseillais. Comment constituer une telle équipe ? En empruntant de l'argent à une banque et en achetant dans les meilleurs clubs italiens, allemands ou espagnols les joueurs les plus efficaces. Il a donc appliqué cette recette. Elle s'est révélée infaillible ; son équipe a été de celles qui gagnent ; il était sur le chemin de la réussite, lorsqu'un jour les emprunts bancaires sont devenus plus difficiles ; pour passer ce cap, il a réfléchi et a tenu un raisonnement parfaitement rigoureux : il est clair qu'il est plus facile pour un joueur de perdre que de gagner ; il doit donc être moins cher d'acheter un joueur pour qu'il perde que de l'acheter pour qu'il gagne. Allant au terme de sa logique, notre homme a donc acheté les joueurs de l'équipe adverse en leur demandant de mal jouer. Mais, étrangement, ce comportement a fait scandale et il s'est retrouvé non pas à la mairie de Marseille, mais à la prison de la Santé. J'avoue ne pas comprendre pourquoi. Si l'on trouve immoral d'acheter un joueur pour l'inciter à perdre, il est illogique de considérer comme moral de l'acheter en lui demandant de gagner.

L'existence d'un marché des joueurs où les dirigeants de clubs viennent s'approvisionner en talents est le signe d'un détournement de la finalité du sport dont nous ne voyons même plus à quel point il est scandaleux. Avant que Marthe Richard ne supprime les « maisons », les tenancières du Chabanais ou du célèbre One-two-two faisaient venir à grands frais de la chair nouvelle pour le plaisir de leurs clients. Au nom de la morale publique, ce comportement est maintenant interdit. Au nom de quelle logique tolère-t-on que les patrons du PSG ou de l'OM aient une attitude rigoureusement identique ? Il ne s'agit plus de sexe mais de muscles et de réflexes ; les organes achetés sont différents mais le procédé est le même. Si l'on condamne l'ex-futur-maire de Marseille, ce sont tous les dirigeants qui achètent des joueurs, et tous les joueurs qui acceptent de se faire acheter, qu'il faudrait envoyer en prison. Peut-être à ce prix le football redeviendrait-il véritablement un sport.

Cela impliquerait également que les joueurs ne soient plus transformés en hommes-sandwich vantant devant la télévision telle ou telle marque d'équipements sportifs, ou que les mi-temps ne deviennent pas, pour les chaînes commerciales, les moments privilégiés où les tarifs publicitaires atteignent des sommets. Actuellement, l'événement prétendu sportif n'est plus que l'emballage de la publicité. Lors de la finale de la Coupe du monde, il aurait été aussi véridique de parler de l'affrontement des deux marques de chaussures qui finançaient les équipes que de l'affrontement France-Brésil. Plus que la fierté de ces deux pays, c'est le chiffre d'affaires de ces deux entreprises qui était en jeu. Les conséquences financières d'une défaite sont d'une telle importance que la dérive vers la tricherie est pratiquement inévitable et incontrôlable.

SPORT ET DOPAGE

Ce sujet a été longtemps occulté pour le football ; il a éclaté à propos des courses cyclistes. L'utilisation de produits interdits car dangereux pour la santé était si évidente que la justice a dû s'en mêler. Mais où commence le dopage ? Les discussions peuvent s'éterniser sans parvenir à délimiter ce qui est permis de ce qui est interdit. Un cycliste qui prend des anabolisants est certainement dopé, mais que dire de celui qui consacre l'essentiel de son temps à des exercices qui améliorent sa musculature ? Il est clair qu'aucun homme ne pourrait, sans utiliser des moyens artificiels, réaliser l'exploit d'escalader en quelques heures quatre cols dans les Pyrénées et de recommencer quelques jours plus tard dans les Alpes.

La loi s'efforce de faire le tri entre ces divers artifices, mais la frontière sera toujours arbitraire. Faudra-t-il étendre ces interdictions en dehors du sport et interdire l'usage du café aux écrivains qui, tel Balzac, en usent surabondamment pour se maintenir éveillés ?

Ce n'est pas la nature des produits utilisés qui peut permettre de définir le délit de dopage. C'est plutôt la finalité de cet usage. Si cette finalité est la victoire dans une compétition, il y a dopage ; sinon, il n'y a que recherche d'amélioration personnelle. Balzac ne se dopait pas, car il ne cherchait pas à dépasser Stendhal ; il ne se battait que contre lui-même.

Avec cette définition, les athlètes qui consacrent totalement leur vie à la compétition, n'ayant pour espoir que de devenir le numéro 1 national ou mondial, sont « dopés » même s'ils ne prennent aucun produit prohibé. Ils le sont avec la complicité des pouvoirs publics, lorsqu'ils sont sélectionnés très jeunes et dirigés vers des centres de formation ; l'objectif est alors de produire quelques futurs champions, dans l'espoir de multiplier les médailles lors des prochains Jeux olympiques. Les gouvernements se félicitent lorsque ces médailles sont nombreuses. Il serait plus raisonnable de les accuser de détournement de mineurs, car ils ont sacrifié la vie de ces jeunes pour un hochet.

LE SPORT, LE PEUPLE

De telles réflexions sont pour beaucoup de mes contemporains scandaleusement iconoclastes.

Elles ont, je dois te l'avouer, été balayées durant la Coupe du monde par le comportement des Français. Leur envoûtement s'est appesanti à mesure que l'équipe qui les représentait s'approchait de son objectif proclamé : jouer la finale et la gagner. Au départ, les rodomontades sonnaient comme des formules incantatoires ; elles se sont peu à peu muées en évocation d'un résultat possible, puis probable. L'approche de cet aboutissement glorieux, et finalement sa réalisation, ont provoqué un raz-de-marée populaire sans commune mesure avec l'importance réelle, et même avec l'importance médiatiquement exacerbée, de l'événement.

C'est un fait, quelque chose d'inattendu s'est produit. Rassembler un million de personnes sur les Champs-Elysées ne peut être obtenu par la seule volonté de quelques organisateurs diffusant un mot d'ordre ; d'autant qu'il n'y avait rien d'autre à voir que la foule regardant la foule. Une émotion collective et peut-être une volonté collective se sont manifestées. Que signifiaient-elles ? Certes, dans les encyclopédies relatant les résultats sportifs de l'année 1998, le fait qui restera marquant est que l'équipe de France a gagné. Mais ce n'est là qu'un résultat insignifiant qui doit autant aux hasards du jeu qu'à la valeur des équipes (si j'ai bien compris, il aurait suffi que le ballon ne soit pas arrêté par la barre pour que l'équipe d'Italie puisse l'emporter, que les joueurs brésiliens soient en meilleure forme pour que leur équipe se défende mieux...). Le véritable événement n'a pas été produit par ces onze joueurs, pas plus que par les 80 000 privilégiés qui avaient pu se procurer un billet et entrer au Stade de France, mais par la foule venue prendre possession d'un quartier de Paris, de l'Etoile à la Concorde. Cette foule croyait applaudir ses héros, elle s'applaudissait elle-même. A bon droit, car elle réalisait un exploit plus significatif que d'envoyer trois fois un ballon dans une cage. Elle réinventait la solidarité de la nation en improvisant une fête nationale. C'est cette fête qui restera marquée dans la mémoire collective.

Que pensaient les jeunes banlieusards des « cités » en brandissant dans les avenues de Paris des drapeaux bleu-blanc-rouge dont on ne savait pas qu'ils existaient encore en si grand nombre ? Il est un peu court de dire qu'ils fêtaient une victoire. Si le résultat du match avait été inverse, la fête aurait malgré tout eu lieu. Sans doute avec un peu moins d'exaltation, mais avec autant de ferveur. Car les Français se retrouvaient « ensemble ». Et oubliaient pour un temps de vérifier que chacun avait dans sa poche les papiers prouvant sa francitude. Cette francitude retrouvait spontanément sa véritable définition qui ne peut être celle des juristes, qui ne peut résulter d'un savant dosage de droit du sang et de droit du sol. Qui ne peut être que la participation à un rêve commun.

Le sport pourrait être l'une des occasions de rêver en commun, de s'enthousiasmer en commun, de créer une véritable collectivité. Pour éviter les perversions, il faudrait éliminer toute trace de nationalisme ou de tricherie. Cela est impossible si la rencontre se résume à la désignation d'un gagnant et d'un perdant. Donner un aussi pauvre résumé d'une action riche d'événements, c'est la trahir, c'est tomber dans le piège de l'« unidimensionnalité ». De même que l'activité d'un lycée ne peut être décrite par le simple pourcentage de reçus au bac, le contenu de la finale France-Brésil, pas plus que celui de la rencontre des équipes de Montargis et de Romorantin, ne peut être résumé par le score « 3 à 0 ».

En ce domaine comme en bien d'autres (hélas pas la démocratie, mais par exemple l'attitude face aux vieillards), une leçon de comportement nous est donnée par les Africains. Je savais qu'une ethnie passionnée de football avait ajouté une simple règle : un joueur qui marque un but passe dans l'équipe adverse en échange d'un autre joueur ; cela suffit pour transformer l'esprit du jeu et le comportement des spectateurs. Je viens d'apprendre qu'une équipe sénégalaise a pris pour nom « Sanfoulescore », ce qui est un véritable pied de nez lancé à tous les forcenés qui ne pensent qu'à gagner et en oublient de jouer.

Le sport n'est rien d'autre que du jeu codifié par des règles, c'est-à-dire une séquence d'actes gratuits, souvent dérisoires — mettre un ballon dans une cage, lancer une rondelle dans un filet, escalader un col — justifiés par le seul plaisir que l'on en tire, mais prenant du sens par le respect d'une certaine façon de se comporter. Il n'y a sport que s'il y a respect de l'autre, adversaire, partenaire ou spectateur.

Avec cette définition, la plupart des activités qui sont présentées aujourd'hui comme du sport usurpent ce titre. Elles ne sont que des spectacles, le plus souvent inféodés au pouvoir de l'argent. Echapper à cette hypocrisie est une des tâches de ce début de siècle.

Quelle patrie ?

« Heureux les épis mûrs et les blés moissonnés. » Cette phrase écrite pour exalter le patriotisme des jeunes Français avant la guerre de 1914 enthousiasmait encore certains adolescents de ma génération. Charles Péguy, son auteur, semblait d'autant plus crédible qu'il avait donné l'exemple en se faisant lui-même moissonner dès les premiers combats, au cours de la bataille de la Marne. Il n'avait aucun doute ; il donnait sa vie pour défendre le Droit. Oui, comme Péguy, à l'âge où l'on ne choisit guère ses enthousiasmes, j'y ai cru. J'ai compris à l'école que le patriotisme consistait à se préparer au combat contre l'« ennemi héréditaire » qui, à l'époque, était l'Allemand. Quelques siècles plus tôt cet ennemi était l'Anglais qu'il fallait, à la façon de Jeanne d'Arc, « bouter hors de France ». Il aura fallu l'absurdité d'une nouvelle et atroce guerre et une longue lutte menée par quelques esprits lucides pour éradiquer cette véritable peste qu'était l'assimilation de l'amour de la patrie à la haine d'un autre peuple. Encore maintenant, je suis marqué par de vieux réflexes : aller en Allemagne n'a pas pour moi la même tonalité qu'aller en Italie, en Espagne, aux

Pays-Bas. J'ai beau, raisonnablement, m'en défendre, comprendre que ceux que je rencontre sont des humains parmi d'autres, qu'ils ne sont pas responsables de ce qu'ont fait les générations précédentes, certaines visions resurgissent. Je ne peux m'empêcher, au mot « allemand », d'associer une image, toujours la même, celle du drapeau nazi à croix gammée sur la façade d'un grand hôtel de la rue de Rivoli. Pourquoi cette image symbolise-t-elle pour moi l'occupation, l'oppression du pouvoir des vainqueurs ? Je l'ignore. Je ne suis même pas sûr d'avoir vu ce drapeau autrement que sur une photo. Mais le réflexe est là.

Je te l'ai dit : je fais partie de ceux qui, par chance et surtout par inconscience, ont traversé la deuxième « Grande Guerre » sans beaucoup de dommages. Ma famille n'était pas juive, pas résistante, pas tsigane, pas... ; cette accumulation de non-caractéristiques est bien pratique lorsqu'il s'agit de passer entre les gouttes de l'histoire. Mais elle ne suffit pas à définir une personne. Pourtant, je me sens totalement français. Quel sens donner à cette appartenance, et surtout quelles en sont les causes ?

De naissance je fais partie de la « nation » française, pour la raison que le lieu de ma naissance était sur le territoire français. Il se trouve que mes parents étaient eux-mêmes français ; dans mon cas, il n'y a donc pas eu d'incohérence entre le « droit du sol » et le « droit du sang ». Mais que ces deux droits puissent être invoqués, opposés l'un à l'autre, et faire surgir des querelles sans fin est significatif de la difficulté de définir une nation. En France, c'est depuis des siècles le droit du sol qui prévaut, dans d'autres Etats le droit du sang.

En fait, l'existence d'une nation résulte d'une volonté de vivre ensemble, volonté qui se manifeste par la mise en place d'un Etat, c'est-à-dire d'une organisation de la vie en commun, d'une solidarité. Mais quelle est la source de cette volonté, sinon l'histoire ? Certes, Bretons, Picards et Gascons se sont battus ensemble en 1914-1918 contre le même ennemi parce qu'ils étaient français ; mais ils se sont sentis plus encore français après s'être battus ensemble pour la même cause. Au-delà de la solidarité qu'apporte la nation, se crée alors un sentiment plus profond, une connivence qu'apporte la patrie.

En ce sens, la France est plus ma patrie que ma nation ; j'aimerais qu'il en soit de même pour toi.

LA FRANCE

A la réflexion, je ne découvre que deux sources à ma « francitude », mon père et les livres.

Il avait « fait », comme lieutenant d'artillerie, la Marne, Verdun, la Somme, sans guère de pauses durant les cinquante mois de la Première Guerre mondiale. Mon étonnement au cours des rares récits qu'il nous en faisait était la nostalgie qu'il manifestait pour cette période de sa vie ; elle en avait été, malgré les horreurs quotidiennes, la période exaltante. Non pas à cause de faits d'arme guerriers (son tempérament le portait plutôt au pacifisme et il n'avait rien fait que son devoir, comme tous les autres mobilisés de toutes les armées), mais à cause de l'évidence du sens que l'Histoire donnait alors à ses actes. Aucun questionnement ne troublait sa certitude de participer au combat pour la bonne cause. Lorsque, vingt années plus tard, il nous emmenait dans les collines autour de Soissons reconnaître les emplacements où il avait mis ses canons en batterie au cours de la seconde bataille de la Marne (celle qui a failli tourner à l'avantage de l'armée allemande et lui donner la victoire), nous l'entendions revivre des moments d'une plénitude plus jamais retrouvée. Défendre la France avait alors comblé sa recherche d'un plus. Sans le vouloir, sans même le savoir, il a semé en moi un besoin de patrie que j'ai certes remis en question, mais qui a été aussi tenace que le besoin de religion.

Cependant, dans ma représentation personnelle, la France n'est pas vraiment un territoire, certainement pas un hexagone dont il faudrait, comme l'ont fait les rois, agrandir les dimensions, ou, comme l'a fait mon père, préserver l'intégrité. Elle est une façon de communiquer. Etre français, pour moi, c'est parler la langue utilisée par une vaste assemblée où l'on rencontre Montaigne et Pascal, Léopold Senghor et Antonine Maillet et où l'on échange des idées nées en chacun grâce aux mêmes mots. Je me sens français comme un Wallon, comme un Québécois, comme un Suisse romand autant que comme un Breton ou un Jurassien. Je ne me sentirais pas moins français si, au lieu de naître à Lyon, j'étais né à Liège, à Chicoutimi ou à Gruyère.

Ceux qui m'ont fait cadeau de mon pays ne sont pas les militaires qui, de guerre en guerre, lui ont donné sa forme sur la carte, ni les politiques qui ont façonné ses lois, ni les bâtisseurs qui l'ont peuplé de monuments, ce sont les écrivains qui ont ciselé les mots que j'emploie et qui ont, de siècle en siècle, affiné leur sens. C'est grâce à ces mots que se crée le réseau des mises en commun faisant de toutes les femmes et tous les hommes du pays que j'appelle « France » un ensemble où chacun s'enrichit de la rencontre des autres.

Je vais souvent au Québec. Spontanément, je me sens concitoyen de tous ceux que je rencontre. Le fait que nous n'ayons pas les mêmes lois, le même parlement, les mêmes préoccupations politiques, est de bien peu d'importance devant la communauté des mots. Avec le sourire, ils me rappellent que je fais partie des « maudits Français » qui ont eu la mauvaise idée de couper, il y a deux siècles, la tête d'un roi. Ce n'est là que divergence d'opinions qui ne nous sépare pas plus que les engagements dans tels ou tels partis.

Avec cette définition, je fais de la France un pays peuplé de plus de cent millions d'habitants. A vrai dire, beaucoup d'entre eux ne sont guère prêts à déclarer : « Mon pays c'est la France ». Mais je ne défends pas là une attitude colonialiste. Je n'annexe pas plus les nations francophones que je ne suis annexé par elles.

L'EUROPE

Ce changement de définition élimine tous les relents de haine ou de mépris qui accompagnent les frontières dont les déplacements ont constitué une part importante de l'histoire des peuples ; à chacune sont associés des souvenirs de batailles sanglantes. Que de morts pour les déplacer de quelques kilomètres ! Sur notre continent, la sagesse vient enfin de triompher ; ces cicatrices de l'histoire, peu à peu, disparaissent.

Tu as la chance de n'avoir pas à te débarrasser des souvenirs que les guerres ont laissés dans ma génération. Après bien des difficultés, à la suite de choix qui n'ont pas contenté tout le monde, l'Europe, en cette période où je t'écris, n'est pas encore vraiment une réalité politique, mais un potentiel prêt à se concrétiser. Les discussions sont vives à propos des traités qui ont défini les obligations des divers participants. Maastricht, Amsterdam polarisent les espoirs des uns, les craintes des autres. Mais seuls quelques nostalgiques des gloires nationales d'autrefois remettent en cause l'objectif : une Europe où les conflits puissent se régler autrement que par les armes.

J'imagine que dans vingt-cinq ans cet objectif sera si bien atteint que la crainte même d'une guerre européenne ne sera plus présente en aucun esprit. Mais cette sécurité laissera un vide. Le patriotisme à la façon de Péguy et de tant d'autres ouvrait un large domaine où pouvait être satisfait le désir de don de soi. A l'âge où l'on découvre que la vie est un cadeau provisoire, qu'un jour un accident inopiné et souvent absurde mettra un terme à l'aventure (il suffit d'une plaque de verglas ou d'une cellule devenue cancéreuse), chacun désire donner, comme l'on dit, un « sens » à ce parcours. Le début de ton voyage n'a pas dépendu de toi, son point d'arrivée risque fort de s'imposer à toi sans prévenir. Peux-tu, du moins, décider du chemin que tu parcourras, des projets humains auxquels tu participeras ?

La question nous angoisse tant qu'il est tentant de se contenter d'une réponse toute faite. Le patriotisme infantile généré par les images de mes livres d'histoire était une de ces réponses, mais une réponse semblable à ces produits surgelés proposés par les supermarchés. Dans les rayons, un poisson n'est plus qu'un cube de chair entouré de chapelure. Dans les discours cent fois lus ou entendus, la patrie n'était plus qu'un hymne que l'on braille ou un drapeau que l'on brandit. J'en veux à ceux qui m'ont ému en me faisant croire à l'importance de ce qui n'était que symbole. J'admire la poésie des vers de Péguy, mais je préférerais en oublier le message. Je souhaite que tu n'aies jamais la tentation de t'enflammer, comme je l'ai fait à ton âge, pour les idées que cette poésie fait si efficacement pénétrer en nous.

L'Europe a, entre autres, un grand mérite : il n'est guère possible de transférer sur elle les enthousiasmes excessifs que notre éducation faisait se développer en nous pour la France. Impossible d'imaginer des foules défilant devant la statue d'un des créateurs de l'Union européenne, Schuman, Adenauer ou Gasperi, comme le font certains « patriotes » devant la statue de Jeanne d'Arc. Fort heureusement, l'Europe n'a pas de martyr. Ta génération pourra faire l'économie des idoles.

Cela ne signifie pas l'économie des enthousiasmes. Lesquels ?

Je vis actuellement une période où les pouvoirs, gouvernements et médias, se liguent pour persuader les peuples de onze des Etats européens que leur bonheur futur est dans l'Euro.

Grâce à cette nouvelle monnaie, nous promet-on, le niveau de vie va s'améliorer, le chômage va régresser, la voix de l'Europe sera mieux entendue. La démonstration de ces bienfaits est loin d'être apportée ; nous sommes invités à croire les experts sur parole. Le serait-elle, je n'imagine pas que ces objectifs puissent passionner les jeunes de ton âge.

Pire, et révélateur d'un enfermement des esprits dans les vieilles habitudes de pensée, un mot nouveau tente de se faire une place, l'*Euroland*. Il est singulièrement laid ; plus grave, il signifie le retour à une société humaine fragmentée en groupes antagonistes. Il reconstitue les frontières. Il présage des luttes sans merci entre les quelques monnaies qui subsisteront, livre, dollar, yen, euro. Autrefois la justification des frontières était de créer une unité de destin pour des populations unies par leur histoire, leur culture, leurs projets. Les citoyens de l'Euroland auront en commun la valeur de leur monnaie. Ils seront unis à la Bourse de Francfort pour se battre contre les prédateurs de Wall Street ou de Tokyo. Est-ce suffisant pour fonder une connivence capable de devenir solidarité ?

L'exemple souvent évoqué pour justifier la construction de l'Europe est celui des Etats-Unis d'Amérique. Faisons ce qu'ils ont su faire. Il faut ici rappeler la réflexion de Paul Valéry faisant remarquer que l'histoire donne des exemples de tout, et donc ne donne de leçons sur rien. Malgré la ressemblance des désignations, les éventuels Etats-Unis d'Europe ne peuvent être calqués sur ceux d'Amérique. Lorsqu'ils se sont regroupés à la fin du XVIIIe siècle, les douze Etats qui ont formé la première fédération comptaient au total moins de cinq millions d'habitants. Leur histoire était très courte ; la première tentative de peuplement au Massachusetts avait eu lieu en 1620, et dès la première année la moitié des immigrants étaient morts de maladie. Un siècle et demi seulement s'est écoulé avant que ces Etats à peine constitués, peuplés de citoyens parlant la même langue et confrontés aux mêmes difficultés, songent à se rebeller contre la Grande-Bretagne et à s'unir. Ce n'est qu'au cours du XIXe siècle que d'autres territoires se sont agrégés au noyau initial et que des millions d'immigrants sont venus s'y fondre dans un « melting pot » qui a généré un peuple homogène.

L'histoire de l'Europe s'étale au contraire sur plus de deux millénaires. Elle a été faite d'un tissu si serré de luttes, de rivalités, d'alliances trahies, de retournements au gré des intérêts fluctuants de chacun, de massacres des peuples sacrifiés à la gloire de leurs gouvernants, que l'objectif initial de l'Union européenne ne pouvait être que négatif : parvenir à ce que ces horreurs ne se renouvellent pas. Le consentement des populations a surtout été fait d'un sursaut de conscience face à l'absurdité du passé. Tous ont dit « non » à ces compétitions sans fin. Les efforts depuis quelques décennies ont surtout porté sur l'effacement des traces du passé.

Contrairement à l'Amérique, il est exclu d'envisager un ensemble homogène. Les cultures sont si enracinées, nourries de tant de souvenirs, qu'il est hors de question de les fondre les unes avec les autres. Il faut au contraire, mais cela est beaucoup plus difficile, les préserver en organisant un face-à-face pacifique. Après le sursaut contre les attitudes suicidaires du passé, il convient de proposer un projet. A quoi dire « oui » ?

Les réponses d'aujourd'hui restent essentiellement négatives : supprimer les excès d'inégalité, diminuer le chômage, éliminer les foyers de violence, résidus des erreurs d'autrefois. Quant aux projets positifs, ils concernent surtout l'élévation du niveau de vie, un objectif sur lequel chacun est d'accord ; les seules discussions portent sur les moyens d'y parvenir. Le consentement est si général qu'il coupe les ailes à l'enthousiasme. Il n'est guère exaltant de se battre pour une cause qui n'est combattue par personne.

En l'Europe tu trouveras, je l'espère, une nation, manifestant par son existence la solidarité de tous les Etats membres. J'imagine mal que tu puisses y trouver une patrie.

C'est en regardant hors de l'Europe que des voies pourront être trouvées où faire grandir l'espoir, où développer des projets, où créer une connivence. Il n'est pas nécessaire d'aller bien loin, simplement à notre porte.

LA MÉDITERRANÉE

Ce n'est pas la mer bleue et ensoleillée qui m'intéresse ici, mais les femmes et les hommes qui vivent à son pourtour. Leur effectif, en 1999, atteint un total de 420 millions. Près de 40 p. 100 d'entre eux (exactement 165 millions, mais je ne voudrais pas t'infliger un cours de géographie) sont des « citoyens européens », leur nation (la France, l'Espagne, l'Italie et la Grèce) fait partie de l'Union européenne. Ils bénéficient d'un niveau de vie élevé caractérisé par un produit intérieur brut d'environ 20 000 euros par personne et par an, proche de celui des Américains du Nord (25 000 euros). Tout différent est le sort des 255 millions de Méditerranéens non citoyens de l'Union ; leur revenu moyen est quatre fois plus faible (5 000 euros). Il est clair qu'une telle différence provoque des tensions qui seront difficilement maîtrisables. Or, ces tensions vont être accrues par des évolutions démographiques divergentes.

L'équilibre entre fécondité et mortalité est atteint au nord ; l'effectif des quatre nations européennes sera encore proche de 165 millions lorsque tu me liras en 2025. En revanche, l'accroissement se poursuivra au sud et à l'est de la Méditerranée ; en 2025, l'effectif se sera accru de 50 p. 100 et dépassera 380 millions. Derrière la sécheresse des chiffres, il faut essayer de prendre la mesure des réalités humaines provoquées par ces évolutions. Accroître l'effectif d'une population de 50 p. 100 en une génération a nécessairement des conséquences sur toutes les structures sociales.

Quant au niveau de vie, il est probable qu'il continuera à s'améliorer au nord et qu'il risque fort de se détériorer encore au sud, si les données politiques ne sont pas radicalement modifiées. Le rapport des richesses disponibles par habitant, actuellement de 4 à 1, passerait, selon ces prévisions, à 5 à 1 ou pire. Sans même évoquer les bons sentiments et les grands principes d'égalité entre les hommes, il est clair que de telles différences entre les sorts proposés aux enfants selon qu'ils sont nés au nord ou au sud du même lac (car la Méditerranée, avec les moyens actuels de transport, est l'équivalent d'un lac d'autrefois) ne pourront être longtemps supportées, du moins par les plus démunis.

Les privilégiés s'arrangent assez facilement pour ne rien voir. Lorsqu'ils vont chez leurs voisins, visitant leurs « cousins pauvres », c'est pour se repaître de monuments grandioses, de marchés pittoresques et de soleil, tout en restant splendidement isolés dans la bulle de leur confort. Chez eux, ils se protègent de l'invasion redoutée en élevant des barrières à grand renfort de visas et de permis de séjour toujours plus difficiles à obtenir. Il n'est pas excessif, devant ces obstacles, d'évoquer le mur de Berlin de sinistre mémoire. Les tracasseries administratives n'ont pas la même allure provocatrice, mais elles manifestent le même objectif : ignorer l'autre.

Cette ignorance est en fait impossible ; les moyens employés pour la préserver ne font qu'amplifier les fantasmes et provoquer l'angoisse de l'inévitable confrontation. Les événements du Kosovo, avec leurs relents de guerres de religion et de haines ethniques, préfigurent ce que pourrait être une apocalypse méditerranéenne. L'attitude actuelle, en se prolongeant, la rendra inévitable. Comment tracer la voie d'une prise en main collective du destin de tous ces peuples ?

Il faut avant tout comprendre à quel point ce qui les unit est fondamental ; plus fondamental en fait que ce qui a permis de rassembler les nations européennes. Celles-ci ressentaient la même horreur des abominations provoquées par la dernière guerre, et ont compris que leurs intérêts économiques étaient communs. Cela a suffi pour vaincre les réticences et mettre en place la Communauté économique européenne, la CEE, devenue l'UE. Pour les nations méditerranéennes, c'est la culture qui sera le ciment de leur cohésion retrouvée. C'est une communauté culturelle méditerranéenne qu'il faut construire.

L'appartenance à l'Europe est devenue une évidence concrète lorsque, dans les magasins, les produits ont été aussi fréquemment allemands, italiens ou espagnols que français. Si au lieu d'aller au marché, je vais visiter les rayonnages de ma « bibliothèque intérieure », j'y découvre des idées qui, pour une part considérable, viennent des bords de la Méditerranée. Autour de cette mer lumineuse, des hommes se sont interrogés. Ils ont cherché à comprendre les causes des événements qui se déroulent autour d'eux et ont inventé la science. Ils ont voulu se donner des méthodes pour développer des raisonnements et ont inventé les mathématiques. Ils ont désiré ajouter à la beauté du ciel et de la mer et ont inventé l'art. Ils ont accepté de se sentir désarmés devant des interrogations sans réponses et ont inventé les dieux. Ils ont manifesté leur insatisfaction devant toutes les réponses qu'ils avaient proposées et ont inventé Dieu. Sans que tu le saches, Archimède, Platon, Jésus, Mahomet, Averroès, Augustin, Pythagore, Akhenaton, sont, dans le désordre, simultanément présents dans ta pensée. Celle-ci serait autre s'ils n'avaient pas ajouté à la lumière déversée à grands flots par le soleil, la lumière de leurs interrogations, de leur imagination. De même que ta vision du monde concret est conditionnée par la capacité de tes yeux à capter les photons que ce monde t'envoie, la capacité de ton intelligence à interpréter cette vision est conditionnée par les concepts forgés autour de la Méditerranée. Pour l'essentiel, ton regard sur le monde et sur toi-même est nourri de l'intelligence de peuples qui voyaient en la Méditerranée le milieu du monde.

Tirons-en les conséquences. Proposons à tous les peuples qui partagent cette richesse (y compris, pourquoi pas, les Québécois et les Latins d'Amérique du Sud) de dire : « Ma patrie, c'est la culture méditerranéenne ».

Lorsque j'expose ce projet, je recueille une vague adhésion et beaucoup de scepticisme. Compte tenu de ce qui se passe en Palestine, en Algérie, dans les Balkans, ce n'est vraiment pas le moment de faire de tels rêves ! Mais ce n'est jamais le moment. Ce n'était, par exemple, pas le moment en 1219 alors que les chrétiens partis pour la Cinquième Croisade se heurtaient aux forces du sultan Malik al-Kamil et essuyaient de graves échecs dont ils se vengeaient par des exactions contre les populations. C'est alors pourtant que François d'Assise s'embarqua pour l'Orient, rejoignit les croisés et, accompagné d'un frère, sans arme, alla se présenter à la porte de la ville de Damiette, dont les croisés n'avaient pu s'emparer, et demanda au sultan de bien vouloir le recevoir. Ce qui fut aussitôt accepté. Durant trois jours, ils se parlèrent, se comprirent et, au départ, François reçut un sauf-conduit lui permettant de visiter les lieux saints de Jérusalem. Cette année-là, le seul chrétien qui put se recueillir sur le tombeau du Christ fut celui qui y alla désarmé.

Quel homme ou femme politique aura une vision à long terme et une audace comparables à celles de François d'Assise en 1219, et œuvrera à la réalisation de la communauté culturelle méditerranéenne ?

Construire l'Europe est certes une tâche nécessaire, mais prise en main comme elle l'est par les marchands et les financiers, cette construction ressemble plus au chantier d'un grand magasin qu'à celui d'un palais. Il ne faut pas l'interrompre, mais nous avons besoin de participer simultanément à un projet plus enthousiasmant. Pour ceux qui sont habités par tant d'idées écloses dans sa lumière, la Méditerranée peut être le lieu de la réalisation du plus mystérieux des palais : chacun de nous.

Entre le cru et le su

Te construire, c'est agencer, liés les uns aux autres, les matériaux de toute nature que tu reçois. Chaque jour, tu es submergé par un flot d'informations. A la maison, la télé chaque soir te montre les événements du jour ; les journaux (s'ils existent encore en 2025, ce que j'espère sans en être sûr) donnent des détails et prennent position selon leur tendance politique ; les hebdomadaires exhibent les têtes des protagonistes, truands ou hommes politiques, et s'efforcent d'élargir la réflexion à partir de l'actualité ; grâce à l'Internet (sans doute aura-t-il changé de nom en accroissant son domaine et sa rapidité), tu as accès au contenu de toutes les encyclopédies et aux discours de tous les orateurs ; à l'école, tu reçois un savoir dont la principale spécificité est qu'il peut t'être nécessaire un jour d'examen.

A partir de ce torrent de faits, d'interrogations, d'explications, il te faut édifier ta propre vision. Tu retiens ceci, tu élimines cela, tu mets en place un ensemble de références qui représente l'équivalent d'une bibliothèque personnelle. Les diverses sources ne t'aident guère à faire cette mise en place ; elles se comportent comme si elles étaient en compétition et font de la surenchère pour capter ton attention. Des événements banals sont présentés comme historiques, des faits insignifiants comme décisifs. Le risque est grand de passer à côté de l'essentiel, de donner importance à ce qui n'est qu'anecdotique, valeur à ce qui n'est qu'imaginaire. Pour réduire ce risque, il est de bonne méthode de t'interroger face à chaque information acceptée : est-ce qu'elle fait partie de ce que je sais ou de ce que je crois ?

L'ethnologue Claude Lévi-Strauss a montré le fossé qui sépare les civilisations du « cuit » des civilisations du « cru ». Cette caractéristique des méthodes d'alimentation entraîne les cultures sur des versants opposés. Il ne s'agit pourtant que de ce qui transite par l'organisme des individus pour leur apporter les éléments et l'énergie nécessaires à leur survie.

Combien plus décisive peut être la distinction des cultures en fonction de ce qui transite dans leur intelligence au cours de leur recherche d'éléments de compréhension du monde ou de justification de leurs actions. Il ne semble pas trop arbitraire de distinguer parmi tous ces apports ceux qui résultent d'un savoir de ceux qui résultent d'une croyance, ce qui est « su » de ce qui est « cru » (en donnant, bien sûr, à ce dernier mot un sens tout différent malgré l'écriture et la prononciation identiques).

LA CONFORTABLE PASSIVITÉ DE LA CROYANCE

Pour mettre en évidence la nécessité de cette distinction, il suffit d'évoquer le domaine où la confusion entre ces deux catégories est la plus manifeste, celui où sévissent les astrologues, voyants, diseurs de bonne aventure et gourous de tout poil. Leur place semble s'agrandir à mesure que notre société se révèle incapable d'apporter à chacun un minimum de repères.

Partout s'étalent les horoscopes ; toutes les revues lues dans les antichambres des médecins ou les salons d'attente des coiffeurs prodiguent de bons conseils permettant à chacun de gérer sa carrière ou ses amours en fonction de la position de Vénus ou de Jupiter à l'instant de sa naissance.

Chacun pourrait savoir qu'il ne s'agit que d'affirmations dépourvues de la moindre justification ; elles ne font que ressasser de vieilles recettes datant de la décadence de Rome ou du Moyen Âge sans tenir compte du fait que, depuis, les positions des astres ont changé. Les constellations que les Anciens distinguaient dans le ciel, capricorne, bélier ou taureau, nous savons maintenant qu'elles ne résultent que d'effets d'optique ; les étoiles qui paraissent proches sur la voûte céleste sont en réalité très éloignées dans l'espace. Personne ne devrait apporter la moindre attention à ces élucubrations, pas plus qu'aux prédictions de Malachie ou de Nostradamus rédigées en termes si obscurs que toutes les interprétations sont possibles. Pourtant, le commerce des prédictions reste florissant. La période du passage d'un millénaire au suivant provoque une véritable éruption d'obscurantisme, comme si la présence de trois zéros dans la numérotation d'une année avait un sens concret, alors qu'elle résulte de notre façon arbitraire d'écrire les nombres avec des chiffres ! Jamais autant de voyants ne nous ont décrit avec autant de détails les catastrophes à venir !

A vrai dire, peu de lecteurs de ces inepties sont vraiment dupes. La plupart jouent à se faire peur ou à trouver dans les astres la cause possible de leurs échecs en amour ; ils n'y sont pour rien, ce qui est rassurant. Année après année, les mêmes voyants célèbres font part le 1er janvier de leurs prédictions. Tous leurs auditeurs ou lecteurs peuvent constater que celles du 1er janvier précédent ne se sont pas réalisées. Mais cette évidence n'enlève rien à l'aplomb de ces « voyants », ni au tirage de leurs livres. Cette permanence de leur public est signe d'une écoute plus amusée qu'intéressée.

Les choses sont beaucoup plus sérieuses avec les sectes. Non seulement elles proposent une explication des événements fondée sur de vieilles légendes plus ou moins ésotériques, mais elles imposent un comportement. Un gourou, généralement le créateur de la secte, règne en maître absolu et exige de ses adeptes une obéissance totale, qui peut aller jusqu'au suicide. Ce n'est plus seulement une croyance qui est en cause, mais une dépossession de sa personnalité. Je crains que dans un quart de siècle, lorsque tu me liras, les progrès de la raison n'aient pas été plus décisifs qu'au cours du quart de siècle qui vient de s'écouler. Notre société sera sans doute encore engluée dans ce brouillard de la pensée qui fait la fortune de quelques charlatans (ce qui n'est qu'anecdotique), donne un pouvoir monstrueux à quelques escrocs (ce qui menace la structure de la société) et (ce qui est finalement le plus destructeur) contribue à persuader chacun que son sort dépend plus des astres ou d'une volonté extérieure que de lui-même. Cette déresponsabilisation est confortable ; sans doute est-ce la raison profonde de cette soumission acceptée à des décisions prises par un gourou ou à un destin déjà écrit.

Une attitude de croyance nous fait admettre pour vraies des affirmations sans les passer au crible de la critique. Certes, « croire » au sens de faire confiance à la parole de l'autre est une nécessité du dialogue. Aucun échange n'est possible sans un minimum de créance accordé à l'interlocuteur. Mais celui-ci peut se tromper ; ce n'est pas le considérer comme un menteur que mettre ses affirmations en doute. Quant à la foi religieuse, elle correspond moins à une croyance qu'à une adhésion. Pour un chrétien, dire que Jésus est le fils de Dieu, pour un musulman, dire que le Coran a été dicté à Mahomet par Allah, sont des manifestations d'une évidence intérieure qui est en amont de la constitution du savoir.

Ce que j'évoque ici ne concerne ni la confiance en l'autre ni la foi en une religion, il s'agit de la lente construction de la connaissance, c'est-à-dire de la naissance en toi d'un regard aussi vrai que possible sur la réalité. L'attitude de croyance ramène cette construction à une accumulation d'idées reçues. J'aimerais t'aider à ne pas tomber dans ce piège en t'incitant à réfléchir à la façon dont se constitue et s'enrichit ta « bibliothèque intérieure ».

L'EXCESSIVE EXIGENCE DU SAVOIR

Au départ, le monde se manifeste à nous par l'intermédiaire de nos sens ; ils nous apportent des informations constituant authentiquement un « savoir ». Je sais qu'il fait chaud et que la lumière brille, que la nuit remplace le jour et que la fraîcheur s'installe. Ces constats sont permanents. Un flux ininterrompu de sensations me rend conscient de l'état du monde immédiat, ou plutôt de la partie du monde à laquelle j'ai accès par la seule médiation de mes sens.

Ce savoir-là est direct. A strictement parler, il est le seul qui soit rigoureusement exempt de croyance. Ce point de vue a été développé au XVIIe siècle par l'évêque et philosophe anglais George Berkeley ; pour lui, les seuls objets de discours dont l'existence soit véritablement assurée sont les perceptions qui parviennent à notre conscience et nous-mêmes lorsque cette conscience est présente. Tout au plus peut-on admettre que la source de ces sensations est, elle aussi, réelle ; mais cette réalité perd son évidence dès que la sensation n'est plus perçue. Cette attitude rigoureusement « solipsiste » n'est qu'un jeu de l'esprit et clôt toute réflexion. Peut-être les meubles de cette pièce disparaissent-ils dès qu'aucun œil humain, aucun objectif de photo ne les observe ; il est toujours possible de l'affirmer sans crainte d'être démenti puisque, pour l'infirmer, il faut aller y voir. Il s'agit donc d'un discours qui n'entre pas dans le domaine scientifique, si l'on accepte de définir la science comme un ensemble d'affirmations contrôlables donc réfutables.

Ce n'est certainement pas un savoir de cette nature qu'évoque Aristote lorsqu'il affirme, pour caractériser notre espèce : « L'homme est un animal qui désire savoir ». Admettre qu'il y a désir, c'est faire intervenir une attitude qui n'est plus de l'ordre d'un constat ; c'est accepter une projection vers l'avenir qui, elle, est spécifiquement humaine.

C'est accepter également une projection vers le passé, à la recherche des causes des événements observés. Il s'agit alors moins de savoir que de comprendre. Ce besoin est hors de portée de l'activité cérébrale des animaux ; seuls les membres de notre espèce, grâce à la richesse de leur dotation en neurones et en synapses, peuvent tenter cette remontée dans la chaîne des mécanismes. Seuls ils peuvent entreprendre ensuite le cheminement inverse, expliquer le réel d'aujourd'hui au moyen du réel d'hier, puis, dépassant le présent, poursuivre cette série d'enchaînements de cause à effet et imaginer la réalité future. Nous sommes ainsi amenés à postuler l'existence future d'une réalité qui est dépourvue de toute consistance actuelle, qui ne peut être qu'un produit de notre imagination : l'avenir.

Ce cheminement aboutit à la construction d'un modèle du monde à partir des informations que nous avons obtenues. Celles-ci sont nécessairement partielles car nos sens, ou les appareils que nous construisons pour en prolonger la portée, ne couvrent qu'une partie, parfois très faible, de la plage de variation des phénomènes : là où je ne perçois aucun bruit, un chien entend un ultrason. Pour accéder à une meilleure connaissance de la réalité, force est donc de compléter l'apport de nos sens par celui de notre raisonnement.

LA FÉCONDITÉ DES MODÈLES

La description du réel implique nécessairement l'imagination et comporte donc une part de gratuité. L'existence de l'objet « soleil » n'est pas une donnée de nos sens ; elle est le produit de notre activité cérébrale. Il est probable que les hommes ont longtemps admis que la boule de feu qu'ils voyaient s'élever dans le ciel puis descendre et disparaître était chaque jour nouvelle. Pour expliquer son apparition récurrente, il suffit de faire appel, par exemple, à une divinité bienfaisante qui, loin derrière l'horizon, fabrique cette boule durant la nuit et la lance dans le ciel chaque matin. Des cadeaux ou même des sacrifices humains peuvent alors être proposés pour l'inciter à poursuivre sa tâche, car à l'interrogation angoissée « Et si le soleil ne revenait pas ? », la réponse n'est nullement évidente.

La répétition de l'aube, jour après jour, a suggéré qu'en fait cette boule de feu est toujours un même objet, le soleil ; mais ce n'est qu'une hypothèse qui débouche sur de nouvelles questions : que devient-il durant la nuit ? Après avoir imaginé qu'il s'enfonçait dans la terre et allait réchauffer les sources, il a paru plus vraisemblable d'admettre qu'il tournait dans l'espace autour de la Terre. L'examen du ciel a montré que certaines « étoiles » étaient en mouvement par rapport aux autres ; la première hypothèse a été qu'elles étaient, elles aussi, animées d'un mouvement circulaire autour de la Terre. A mesure que les observations ont été plus précises, l'obligation de compliquer ce modèle géométrique s'est imposée. Il a fallu alors imaginer que ces planètes parcouraient des cercles dont le centre lui-même tournait autour de la Terre. Jusqu'au jour où ces explications semblèrent si compliquées qu'il parut préférable d'adopter un nouveau modèle admettant que la Terre n'est qu'une planète parmi d'autres tournant autour du Soleil. S'introduit ainsi une attitude intellectuelle qui n'est ni une *croyance* ni un *savoir,* mais une *représentation.* Celle-ci consiste à remplacer la multitude des observations par un modèle, c'est-à-dire par une métaphore construite en utilisant notamment des matériaux que l'esprit humain manipule aisément, ceux que proposent les mathématiques.

Les observations les plus riches d'information sont moins celles qui décrivent des objets que celles qui décrivent leurs interactions. Que l'on mette ou non en doute, à la façon de Berkeley, l'existence d'un objet, force est de constater que sa présence éventuelle a des conséquences pour ce qui l'environne ; ce sont ces interactions qui sont « l'objet du discours ». Nous constatons par exemple, étudiant le comportement de notre planète, que « tout se passe comme si » une attraction entre le Soleil et la Terre intervenait. En admettant que cette attraction s'exerce conformément à la formule de Newton, on constate que les événements constatés sont exactement conformes à ceux que cette formule permet de prévoir. Les mathématiques sont ainsi un moyen de faire basculer des affirmations qui n'étaient que crues dans la catégorie du représentable.

La justesse de cette représentation n'est pas seulement évaluée d'après sa capacité à rendre compte de l'ensemble des observations, mais aussi d'après la simplicité de sa formulation. Il est parfaitement possible de décrire les mouvements des astres en prenant comme repère de référence trois axes passant par le centre de la Terre et fixes par rapport à celle-ci. Mais les courbes décrites par les planètes sont compliquées, les équations qui leur sont liées comportent de multiples paramètres. Il est plus simple de prendre un repère dont l'origine est le soleil. Un critère esthétique s'introduit ainsi dans notre cheminement vers la réalité. « Le Créateur est subtil mais il n'est pas pervers », disait Einstein ; autrement dit, ce qu'Il a mis en place doit pouvoir être représenté par des formules élégantes.

L'outil permettant d'écrire ces formules, les mathématiques, a été élaboré en ayant pour règle essentielle le respect de la rigueur logique. Certes, à l'origine, elles ont été développées pour résoudre des problèmes concrets, mais elles se sont débarrassées de cette gangue et n'ont plus eu comme ambition que d'assurer leur cohérence interne (je t'ai rappelé que cette exigence de cohérence avait comme conséquence l'incomplétude, c'est-à-dire l'impossibilité de démontrer toutes les propositions vraies). Les affirmations que sont les théorèmes ne sont que les conséquences logiques des hypothèses admises. Quelle est la somme des angles d'un triangle ? Le mathématicien commence par poser la question : dans quel espace ce triangle est-il tracé ? Si c'est un plan, la réponse est connue des collégiens, deux angles droits ; si c'est un espace convexe, plus que deux droits ; un espace concave moins que deux droits.

Grâce aux mathématiques, l'on peut ainsi développer des modèles dont on ne prétend pas qu'ils décrivent la réalité, mais que la représentation qu'ils en fournissent est cohérente avec les informations que la réalité veut bien nous dévoiler. La qualité première d'un modèle est de s'ajuster aussi bien que possible aux observations.

Si ajusté soit-il, il n'est que provisoire. De nouvelles données le mettront un jour en question. Le modèle newtonien de la gravitation universelle expliquait parfaitement le mouvement des planètes, jusqu'à ce que la mesure plus précise du parcours de Mercure crée problème. Un autre modèle, celui de la relativité générale, a alors été adopté. Il ne s'agit pas de croire ou ne pas croire à la gravitation, mais de constater qu'elle est un modèle provisoirement explicatif.

Au passage a été abandonnée la prétention à mettre la réalité elle-même, ou des parties de la réalité, dans la catégorie du « su ». Le cas limite est celui d'objets comme les trous noirs ou d'événements comme le big-bang ; il est exclu qu'une connaissance directe par le seul intermédiaire de nos sens en soit un jour obtenue. Ils sont définitivement des représentations abstraites, de simples objets de discours nécessaires à la cohérence de notre description globale.

*

D'un côté la confortable, satisfaisante et passive acceptation des croyances, de l'autre la définitive impossibilité d'une connaissance rigoureuse du réel ; entre elles, le chemin de crête qui mène vers la connaissance est étroit. Sur ce chemin l'Homme est seul ; aucune autre espèce n'a reçu de la nature le privilège d'y progresser. Le sommet ne sera jamais atteint ; mais s'en approcher est l'un des bonheurs dont chacun peut enrichir son parcours. J'aimerais t'inciter à faire les efforts nécessaires pour le rencontrer.

Je te souhaite bien sûr beaucoup d'autres bonheurs, ceux qu'apporte la rencontre de la beauté, de la bonté, de l'amour. Tu seras heureux aussi devant une œuvre que tu auras patiemment, peut-être douloureusement, réalisée. Que cette œuvre soit un tableau, un livre, une maison, un jardin, une entreprise, tu lui auras donné existence et tu te sentiras créateur. Mais n'oublie pas de rechercher aussi le bonheur que procure une compréhension nouvelle, apportant un lien supplémentaire entre le monde et toi. En progressant dans la mise en cohérence de ta représentation de l'univers, c'est toi-même que tu crées. Ce devrait être l'œuvre à laquelle tu apportes le plus de soin, et dont tu puisses être le plus fier.

Les efforts nécessaires pour comprendre sont souvent fatigants, épuisants ; leur justification est la satisfaction que finalement ils procurent. J'espère que l'école te l'apprendra. C'est là son rôle premier. Elle n'a pas pour but de te préparer à la vie active, expression ridicule puisque tu es dès maintenant dans la partie la plus active de ta vie. Elle ne doit pas t'inciter à l'emporter sur les autres, car ta vie serait ramenée à une série de compétitions dont la dernière sera certainement perdue. Elle est là pour participer à la mise au point de l'outil qu'est ton intelligence en te faisant surmonter, aux moments de doute, l'impression décourageante que tu n'es pas capable d'aller plus loin.

Du constat au projet

Quel rêve proposer au siècle que tu vas parcourir ? La réponse que donnent les politiques, pour une fois unanimes, est claire : l'amélioration du niveau de vie grâce à la croissance. Ce mot revient dans tous leurs discours, chacun se vantant d'améliorer le rythme d'accroissement de la consommation. Le bonheur n'est pas « dans le pré », mais dans les rayons des supermarchés qui nous proposent des objets toujours nouveaux, et devant les guichets des banques qui nous prêtent (avec intérêts) l'argent permettant de les acheter. Une boulimie de consommation s'est emparée de la plupart de nos contemporains ; je crains fort que ta génération ne suive l'exemple donné par la mienne. Il est temps de crier « casse-cou », car ce comportement consiste à s'engager dans une impasse et, au lieu de freiner, à s'étourdir en allant toujours plus vite ; la catastrophe est pour bientôt. Notre société ressemble à un conducteur perdu dans un quartier où toutes les rues sont bouchées par un mur.

Avant de chercher un carrefour qui puisse nous permettre de nous diriger vers une voie plus prometteuse, explorons ce quartier des impasses.

QUARTIER DES IMPASSES

Impasse de la finitude

J'ai déjà évoqué les conséquences de la finitude de la Terre sur la fragilité du climat. Les équilibres naturels risquent d'être profondément perturbés par les rejets de nos industries dans l'atmosphère. Une autre conséquence de cette finitude est que l'utilisation inconsidérée des ressources mène à une impasse ; cette évidence devrait sauter aux yeux de tous maintenant que nous savons faire le tour de la planète et en photographier les moindres recoins. Pour un astronaute, ce tour dure une heure et demie ; nous sommes loin des quatre-vingts jours de Philéas Fogg et Passepartout. Jules Verne était libre d'imaginer, dans un autre roman, que le pôle sud était occupé par un volcan dont le cratère était traversé par l'axe de rotation de la planète ; aujourd'hui, les clichés pris par les satellites nous dévoilent les plus petits détails du relief et ne laissent plus place à de telles hypothèses. Nous savons maintenant que notre domaine est limité. Nous pouvions autrefois avoir une âme de conquérant agrandissant sans fin son territoire ; nous devons désormais avoir une mentalité, comme disent les notaires, de « bon père de famille » gérant une propriété aux bornes fixées.

Voilà une attitude qui n'a rien de bien glorieux ; tu attends de ta vie des accomplissements plus exaltants. Tu as raison, et j'aimerais te les proposer. Mais il faut d'abord faire un exercice de lucidité et tenir compte de la contrainte imposée par la nature, qu'est la petitesse de la Terre.

La première tentative pour attirer l'attention sur cette évidence a été celle du Club de Rome publiant en 1972 un rapport du célèbre institut MIT de Boston ; le groupe de scientifiques qui avait rédigé ce rapport montrait le danger à terme de toute croissance et demandait aux nations les plus riches de tendre vers la « croissance zéro ». Il évoquait notamment le proche épuisement des ressources de pétrole. A l'époque, les réserves prouvées correspondaient à environ trente années de consommation, ce qui est bien peu et justifiait l'inquiétude. Ces trente années sont aujourd'hui presque écoulées, et pourtant le pétrole est toujours aussi abondant ; de nouvelles découvertes ont même accru la durée des réserves encore disponibles. Ce constat est utilisé pour ridiculiser les anticipations semblables à celles de 1972 et disqualifier tout discours pessimiste. Il n'en reste pas moins que, quelle que soit l'importance des champs de pétrole cachés dans l'écorce terrestre, la quantité totale est limitée ; leur épuisement est inéluctable ; la seule question est de savoir quand. D'après les évaluations actuellement disponibles, les réserves totales atteindraient 400 milliards de tonnes, dont les trois quarts ont été identifiés, et la consommation est de 3 à 4 milliards de tonnes par an. Même si des découvertes inespérées surviennent, permettant de repousser l'échéance d'un siècle, la consommation irréfléchie de ce cadeau offert aux hommes par la Terre est irresponsable.

Ce constat peut être fait pour toutes les

richesses que la Terre ne renouvelle qu'à un rythme très inférieur à celui de leur destruction. Malheureusement, il est très récent et n'a guère pénétré la conscience collective.

Jean-Baptiste Say, un des fondateurs de la science économique, croyait possible d'affirmer en 1830 : « Les richesses naturelles sont inépuisables ». Aujourd'hui, le « bon père de famille » que j'évoquais doit abandonner cette illusion, commencer sagement par faire l'inventaire de ces richesses et adopter un comportement permettant de les préserver le plus longtemps possible. Nous sommes loin de cette sagesse. Elle consisterait à étendre à ces biens offerts par la nature l'attitude adoptée par l'Unesco à propos des trésors architecturaux produits par le génie des humains : ils sont « patrimoine commun de l'humanité ». Comme le temple de Borobodur ou la cathédrale d'Amiens, il nous faut admettre que le pétrole du Koweït ou du Brunei appartient à tous les hommes, vivants ou à naître.

Si la réappropriation de ces richesses par l'ensemble de l'humanité était réalisée aujourd'hui, elle aurait pour effet immédiat de ruiner un peu plus certaines nations du tiers-monde dont le pétrole est la principale ressource. Elle n'est donc concevable qu'au sein d'un ensemble de mesures renouvelant la totalité des règles de partage des richesses, aussi bien celles produites par les hommes que celles apportées par la nature. Plus dramatique encore que l'épuisement du pétrole sera celui d'un bien indispensable, vital, l'eau. La mise en place d'un contrat mondial de l'eau est urgente lorsque l'on constate que plus de 2 milliards d'humains n'ont pas accès à l'eau potable et que, si elle reste un bien marchand, ce nombre dépassera bientôt 3 milliards.

Voila une tâche qui occupera longuement ta génération : mettre en place une nouvelle organisation de la solidarité planétaire.

Impasse des théories économiques

Ce n'est que depuis deux siècles qu'une science a été consacrée à l'étude de ces mécanismes ; tu en as appris les rudiments au lycée, l'« économie politique ». Il s'agit de comprendre comment sont opérés les choix des divers acteurs de la vie collective, producteurs, consommateurs, détenteurs de capitaux, spéculateurs, Etats...

Deux siècles sont bien courts pour approfondir la réflexion ; il en faudra sans doute beaucoup plus pour que cette discipline soit capable de définir clairement les concepts qu'elle manipule.

Souviens-toi de la mésaventure survenue à ceux qui ont tenté d'expliquer le mouvement des « corps pesants », c'est-à-dire les objets qui ont une masse. Aristote avait tenu un raisonnement ayant pour lui l'évidence : l'état naturel d'un tel corps est le repos ; pour qu'il bouge, il faut appliquer sur lui une force, et sa vitesse sera d'autant plus grande que la force sera intense ; une grosse pierre est soumise à une force de gravitation plus importante qu'une petite pierre, sa chute est donc plus rapide. Durant vingt siècles, cette analyse a été admise sans discussion. Il a fallu à Galilée une audace hors du commun pour oser contredire Aristote, et démontrer que le paramètre proportionnel à la force n'est pas la vitesse mais l'accélération.

Toute la mécanique a dû être reformulée ; c'est grâce à cette remise en question fondamentale que Newton a pu, un siècle plus tard, imaginer le concept de gravitation universelle et proposer une explication du mouvement des planètes.

La discipline qu'est l'économie apparaît aujourd'hui dans l'état de balbutiement qui était celui de la mécanique avant Galilée. Certes, de multiples recherches ont permis d'analyser avec finesse les processus en cause ; un prix Nobel est consacré à cette discipline (j'ai eu la chance d'être l'élève de l'un de ceux qui l'ont reçu) ; mais les concepts de base sont restés ceux de la fin du XVIIIe siècle.

Il s'agit de comprendre les mécanismes qui, dans une collectivité, aboutissent à la production des biens et à leur répartition. Cette répartition nécessite des échanges ; ceux-ci sont régulés par un ensemble de prix exprimant les équivalences entre les valeurs des divers biens. Le problème central traité par les précurseurs de la science économique a été celui de la formation de ces prix. Adam Smith, le père de l'économie, fonde son analyse sur le fait que ces prix résultent de la confrontation entre ceux qui possèdent un bien et désirent le vendre, et ceux qui ont besoin de ce bien et désirent l'acheter. Le moteur de cette rencontre est, selon lui, l'égoïsme des uns et des autres. Chacun ne pense qu'à son intérêt, tout vendeur recherche le prix le plus élevé possible, tout acheteur le prix le plus bas. Or, ils ne sont pas seuls face à face. Ils agissent sur un marché où se nouent de multiples transactions ; les termes de celles-ci (prix demandé, prix offert, quantité proposée) sont connus de tous. Chacun peut ainsi développer une stratégie d'offre et de demande favorisant son intérêt. A la longue, tous ces ajustements aboutissent à un équilibre définissant les « prix du marché ».

Mais ce constat n'est qu'une description. L'essentiel de l'apport d'Adam Smith réside dans son affirmation que les prix du marché ainsi générés par les échanges correspondent à un optimum collectif. Alors que chaque acteur n'avait pour objectif que son propre intérêt, l'ensemble de ces égoïsmes a eu globalement un effet bénéfique pour la collectivité. L'image célèbre est celle d'une « main invisible » qui utilise les comportements individuels pour guider la collectivité vers une structure apportant le rendement social maximal. La condition de cet aboutissement heureux est le libre jeu de ces comportements. D'où le non moins célèbre proverbe américain : « Ce qui est bon pour la Général Motors est bon pour les Etats-Unis. » Ce qui implique, mais on n'ose pas le proclamer, seulement le suggérer : « Ce qui est bon pour les Etats-Unis est bon pour l'humanité. »

De telles affirmations simplistes expriment une foi naïve plus qu'elles ne se réfèrent à un raisonnement rigoureux. Certes, elles ont disparu du discours des économistes ; la philosophie « libérale » qui imprègne la réflexion des décideurs occidentaux reste cependant inspirée par ces aphorismes élémentaires. S'ils correspondaient à une réalité, il serait absurde de les remettre en cause au nom d'une idéologie systématiquement antilibérale ; mais une analyse plus précise est nécessaire pour, du moins, marquer les limites de leur domaine de validité.

Impasse de la myopie libérale

La faiblesse évidente de l'attitude libérale est de se fier à des mécanismes qui tiennent uniquement compte de phénomènes instantanés. Seules pèsent sur les décisions les conditions du moment. Tous les acteurs du « marché » réagissent aux propositions immédiates des autres acteurs. Personne n'est en charge de l'avenir à moyen ou à long terme, les orientations les plus catastrophiques peuvent donc être adoptées. L'image qui s'impose est celle du promeneur voulant atteindre le sommet de la montagne ; à chaque carrefour il doit décider du chemin à prendre ; s'il n'a pas de carte il peut se contenter du choix qui, à chaque instant, le rapproche le plus de son objectif et prendre pour règle de s'engager systématiquement dans le chemin dont la pente est la plus raide ; en réalité, le meilleur chemin peut être celui qui commence par descendre.

C'est pourtant une règle semblable que suit le « marché » ; il est par nature aussi myope que ce promeneur ; il ne connaît que la réalité d'aujourd'hui et risque fort de s'égarer faute de définir et de poursuivre un objectif lointain. Le marché n'est qu'un cas particulier des processus se déroulant dans le cosmos ; ceux-ci résultent d'interactions tenant compte de l'état de choses actuel, non de l'avenir, car cet avenir n'existe pas. Certes, cette fermeture sur le présent est la règle dans le monde qui nous entoure ; mais justement, la spécificité humaine est d'avoir inventé demain et de mettre le présent au service d'un avenir souhaité. Se soumettre au marché, c'est renoncer à ce pouvoir, c'est s'abandonner à des forces sans doute pas aveugles mais myopes.

Un bon exemple de cette absence de régulation est fourni par les modifications erratiques du prix du pétrole au cours des récentes décennies. En 1970 il valait moins de 2 dollars le baril, après la guerre du Kippour de 1973, ce prix est passé à 10 dollars ; l'entente entre la plupart des Etats producteurs l'a fait grimper jusqu'à 35 dollars ; puis leur mésentente et les découvertes en mer du Nord l'ont fait redescendre à moins de 10 dollars, après quoi il a oscillé au gré d'événements — tensions internationales, embargos, guerres... — indépendants de la gestion raisonnable de cette ressource. Comment va-t-il évoluer jusqu'au moment où tu me liras ? Aucun expert n'oserait avancer la moindre prévision. Il est possible qu'en 2025 une guerre des prix entre les Etats producteurs, chacun s'efforçant d'accroître sa part des quantités vendues, fasse tomber le cours à moins de 10 dollars ; peut-être au contraire la perspective d'un prochain épuisement des réserves l'aura-t-elle porté à plus de 50 dollars ou même 100 dollars. Tout est possible. Qui pourrait prétendre que ce jeu de Yo-Yo a le moindre rapport avec un optimum quelconque ?

Quel sens aurait cet optimum ? Tout dépend de l'objectif poursuivi. S'il est de fournir à tous, maintenant, une énergie bon marché et facile à utiliser, ce prix doit être le plus bas possible. S'il est de transmettre à nos descendants une part de cette richesse, il doit être le plus élevé possible ; car ces descendants, si lointains seront-ils, devraient intervenir dans les marchandages d'aujourd'hui.

Autre exemple concret de la myopie congénitale de l'économie : le centre-ville moribond des bourgs dont les municipalités ont accepté qu'un supermarché soit construit dans la périphérie. Le projet avait tout pour plaire, les prix allaient diminuer, la commune percevrait des taxes, il fallait aller dans le sens du progrès. Mais le résultat est la faillite des boutiques qui animaient la place de la Mairie, l'abandon des activités traditionnelles, la mort du village. Comment évaluer le coût de ce recul du plaisir de vivre ?

Impasse de la valeur

Une autre faiblesse fondamentale du libéralisme est de ne pouvoir raisonner qu'à propos des biens marchandables. La valeur d'un bien est en effet caractérisée par son prix, et ce prix ne peut résulter que des transactions opérées sur le marché. Comment tenir compte des richesses qui ne peuvent, en raison de leur nature, être traitées comme des marchandises, dont le prix ne peut donc être fixé, et sont finalement sans « valeur » ?

Cette difficulté pouvait être considérée comme marginale il y a deux siècles. Alors, la population active était composée, pour la quasi-totalité, de paysans et d'artisans qui produisaient des biens marchandables. Seuls échappaient à ces catégories les aristocrates qui ne produisaient rien et les membres du clergé qui « produisaient » le bien des âmes. Aujourd'hui, une bonne moitié de l'activité est consacrée à produire des biens — l'éducation, la santé, la justice, la culture — pour lesquels il est raisonnable de poser la question : « Sont-ils ou non marchandables ? »

La réponse est arbitraire, comme sont arbitraires le bien et le mal. C'est donc l'éthique collective qui est en cause. L'éducation d'un enfant, la santé d'un vieillard sont-elles marchandables ? Répondre oui, c'est trouver normal de refuser l'entrée d'une école à un jeune, au motif que sa famille ne peut payer les frais d'étude ; c'est laisser un vieil homme sans soins car son assurance maladie est insuffisante. Répondre non, au nom d'une certaine idée de la solidarité humaine, c'est accepter d'en tirer les conséquences pour que le coût du système éducatif ou du système sanitaire puisse être financé autrement que par ceux qui en bénéficient, par conséquent par la collectivité, autrement dit par l'impôt.

Reconnaissons-le, aujourd'hui certaines nations, parmi les plus puissantes, acceptent la première réponse, sans avoir le courage cynique de l'avouer. Elles se comportent comme les papes du XVIe siècle qui vendaient des indulgences. Pour ces papes, le salut éternel, qu'ils se prétendaient capables d'attribuer ou de refuser, était un bien marchandable. Cette attitude leur a finalement valu beaucoup d'ennuis. Les pays qui font payer, souvent très cher, la scolarité dans une bonne école considèrent l'accès à la compréhension, au savoir, à la culture, comme un bien marchandable. Ils agissent comme ces papes, et provoquent un recul de civilisation comme ceux-ci provoquaient un recul de la foi religieuse.

Depuis quelques siècles, l'amélioration du sort des hommes est venue principalement du développement des activités qui, au nom de l'éthique, ne sont pas considérées comme marchandables, justice, santé, éducation, culture, recherche. Ce développement s'est tout naturellement accompagné d'une augmentation de la charge fiscale. La poursuite souhaitable de cette dynamique nécessitera un alourdissement des impôts. Quel homme politique osera proposer cet alourdissement dans son programme ? S'il s'en trouve un lorsque tu auras l'âge de voter, apporte-lui ta voix.

Impasse de l'unidimensionnalité

Echapper à cette régression nécessite un renouveau de la pensée économique, renouveau qui n'est qu'un des aspects de la nécessaire lutte contre la « pensée unique » souvent vilipendée aujourd'hui. Cette lutte est particulièrement urgente dans notre pays où le déficit d'idées nouvelles est patent : en raison sans doute de la formation universitaire uniforme de ceux qui ont la parole (ils sortent tous des écoles prétendues « grandes »), leurs discours ressassent toujours les mêmes formules préfabriquées.

Mais plus indispensable encore est la lutte contre la « pensée unidimensionnelle ».

Ce mode de pensée est caractérisé par l'introduction systématique d'une échelle de mesure, quelle que soit la complexité du concept évoqué. L'exemple extrême est celui du trop fameux quotient intellectuel, qui consiste à remplacer par un nombre l'ensemble des caractéristiques d'une intelligence. Le fait que, malgré l'aspect grotesque de cette prétention, le QI soit encore utilisé par quelques « psy » est révélateur de l'attirance pour ces cache-misère conceptuels que sont les nombres ; ils ne peuvent pourtant qu'être dépourvus de sens lorsque la mesure correspondante n'est pas définie.

Ramener un bien quelconque à un nombre unique, sa « valeur », ne peut que camoufler la diversité des rôles qu'il peut jouer face aux besoins des humains. Hélas, l'enseignement contribue à habituer les esprits des enfants à cet appauvrissement des concepts, à cette paresse de la pensée qu'est l'unidimensionnalisation (l'exemple quotidien étant la notation des devoirs sur une échelle de 1 à 20). La seule justification de cette attitude est que la réduction à une mesure unique permet de hiérarchiser les objets en cause. A est-il supérieur ou inférieur à B ? Dès que A et B sont définis par plus d'une caractéristique, aucune réponse n'est logiquement possible. Malgré son aspect innocent, la question n'a pas de sens. Chercher à y répondre est déjà une tromperie. C'est la prétention à hiérarchiser qui est fondamentalement perverse.

C'est pourtant cette prétention que manifestent les économistes en remplaçant les biens par leur valeur. Il suffit pour constater cette perversité de s'interroger sur la signification de l'unité de mesure de cette grandeur, franc, mark ou dollar.

Impasse des financiers

Qu'il s'agisse de longueurs, de poids, de temps ou de valeurs, la définition de l'unité de compte est évidemment l'acte premier de toute tentative de mesure. Lorsque les responsables de la France ont voulu, au XVIIIe siècle, définir une nouvelle unité de longueur, le mètre, ils ont consenti des efforts considérables. En pleine période pré-révolutionnaire, puis durant la Révolution, alors que d'autres problèmes fort urgents devaient être résolus, des scientifiques furent chargés de mesurer le méridien terrestre ; ils le firent en comparant les latitudes de Dunkerque et de Perpignan, mais aussi, pour obtenir une meilleure précision, en organisant des expéditions jusqu'en Laponie et au Pérou. Ainsi fut définie une base rigoureuse et universelle pour la définition de la nouvelle unité ; imposée d'abord aux Français, elle est maintenant adoptée par toutes les nations. Cette « mondialisation » a été une réussite.

Les responsables d'aujourd'hui ne font guère preuve d'une aussi grande rigueur lorsqu'il s'agit de définir l'unité permettant de mesurer la « valeur ». Chaque nation se contente de sa propre unité, sa « devise », et confie à une corporation inquiétante, les financiers, le soin de décider des équivalences entre monnaies. Par aveuglement ou par lâcheté, la plupart des gouvernements ont proclamé qu'ils n'interviendraient pas dans ces décisions : ils ont délégué tout pouvoir aux plus importants de ces financiers, les gouverneurs des banques centrales.

Semblables aux marchands sans scrupules qui jouaient sur les différences entre la toise des Flandres et la toise de Paris, les spéculateurs peuvent donc s'en donner à cœur joie pour faire varier les équivalences. Ils ont mis en place des règles qui leur permettent de jouer avec les cours des diverses devises et souvent de faire fortune grâce à des transferts de capitaux qui n'ont plus aucun lien avec les échanges de marchandises ou de services mesurés par ces devises. Ces transferts représentent chaque jour des sommes cinquante fois supérieures à la valeur des échanges de biens. Les progrès de l'informatique aidant, les financiers ont créé un domaine virtuel au sein duquel ils manipulent des montants de monnaies qui ne correspondent à aucune véritable richesse. Ce processus ne rencontre aucune contrainte concrète, il peut donc s'auto-accélérer et concerner des sommes fabuleuses. Ainsi des fortunes virtuelles peuvent s'échafauder ou s'évanouir au gré de spéculations qui ont perdu toute rationalité.

Malheureusement, ces jeux ont parfois des retombées sur la réalité. Car ces monnaies, dont le comportement est devenu aussi imprévisible que la trajectoire d'un ballon disputé par deux équipes, conditionnent la vie quotidienne de millions de gens. Ceux-ci peuvent à bon droit avoir le sentiment que leur sort ne dépend plus d'eux, mais de puissances aussi inaccessibles et capricieuses que les divinités d'autrefois. La cascade de faillites qui a récemment ruiné les populations d'Asie du Sud-Est, avant de s'étendre à la Russie puis à l'Amérique latine, est exemplaire de cette instabilité. Alors que tous les économistes prédisaient, il y a peu, un avenir économique grandiose aux « dragons », ils expliquent maintenant sans vergogne avec la même logique les raisons de leur échec.

Ces drames étaient prévisibles ; ils résultent d'une évidence bien connue des physiciens : un processus qui ne comporte pas de mécanisme de régulation risque fort de s'emballer et d'aboutir à l'autodestruction. Pour éviter le renouvellement de ces excès, il convient donc d'imposer un frein à la frénésie des spéculateurs. Une proposition a été avancée par un prix Nobel d'économie, James Tobin : une taxe sur les transactions spéculatives de devises ; un taux très faible suffirait à la rendre efficace et à procurer des sommes qui, retirées au jeu stérile des transferts fictifs de valeurs, permettraient de lutter contre la faim ou l'analphabétisme.

La tendance actuelle est au contraire, au nom de la liberté, de détruire les rares obstacles qui s'opposent au pouvoir absolu des financiers ; la manifestation la plus effarante de cette volonté a été, en 1998, la proposition d'un accord multilatéral sur les investissements, l'AMI. L'objectif était d'éliminer les contraintes imposées par les Etats, car ces contraintes, concernant notamment le niveau minimal des salaires ou la durée du travail, gênent les sociétés transnationales dans leur recherche du plus grand profit. Il était prévu que ces sociétés ou les grandes institutions financières pourraient traîner les Etats devant un tribunal spécial si, en voulant défendre les droits des salariés, ceux-ci portaient préjudice à la rentabilité escomptée des investissements. Le recul de la démocratie ainsi proposé était si monstrueux que le projet a rapidement été mis au placard. Mais il est clair que ses promoteurs reviendront à la charge ; la vigilance est donc nécessaire. Le seul fait qu'il ait pu être imaginé montre l'étendue et le danger du pouvoir qu'ont peu à peu acquis ces entreprises multinationales ; elles dominent maintenant la production et la répartition des richesses dans des branches entières de l'économie, l'industrie pétrolière, la sidérurgie, l'agroalimentaire ou la chimie. Ce pouvoir est souvent plus étendu que celui des gouvernements, alors que leurs dirigeants n'ont pour finalité que la réussite financière et n'ont de comptes à rendre qu'à leurs actionnaires. Les principaux de ces actionnaires sont eux-mêmes d'autres entreprises multinationales. Ainsi se créent des circuits fermés, étroitement contrôlés par quelques groupes ; plus personne ne sait sur quoi est fondée la légitimité de leur pouvoir.

Reconnaissons-le, cette absence de démocratie est parfois gage d'efficacité. L'histoire montre d'ailleurs que les débuts d'une dictature sont souvent une période d'amélioration ; les choses allaient mieux en Italie après l'avènement du fascisme, mieux en Allemagne (sauf pour certains citoyens) après l'arrivée d'Hitler. Nous savons à quoi ce « mieux » immédiat a abouti. L'argument d'efficacité n'est qu'une façon d'occulter l'interrogation sur la finalité. L'utiliser est un exemple d'« unidimensionnalité ». Tout change si l'on prend en compte, à côté des apports concrets du progrès technique, ses conséquences humaines.

Impasse du chômage

La défaite la plus dramatique de notre société est son incapacité à donner une place à chacun. Etrangement, le constat de cette défaite est brouillé par l'emploi d'un mot qui désignait autrefois une circonstance agréable, le chômage. Les journées chômées étaient les repos accordés en l'honneur de la fête d'un saint ou en l'honneur d'un événement glorieux, victoire ou naissance d'un prince. Ce même mot définit maintenant l'impossibilité de jouer un rôle actif dans la collectivité. Etre en chômage, c'est être en trop.

Paradoxalement, l'extension de cette plaie est le résultat d'un magnifique succès de notre intelligence : faire reculer la malédiction du travail. Les machines, maintenant aidées par les outils informatiques, font la plus grande part des tâches autrefois nécessaires, et cette heureuse évolution va certainement se prolonger. La conséquence normale devrait être de permettre à chacun d'étendre dans son parcours de vie la place des activités choisies. Par une aberration monstrueuse, nos sociétés ont fait du travail la principale clé d'entrée dans la société. Celui qui ne trouve pas de travail se trouve exclu.

En fait, durant la plus grande partie de l'histoire humaine, le concept même de travail ne correspondait à aucune réalité. Les chasseurs-cueilleurs qu'étaient nos lointains ancêtres ne connaissaient que des activités considérées aujourd'hui comme des loisirs. Ils n'ont imaginé de retourner le sol, de le semer, de récolter, de mettre à l'abri la nourriture produite que depuis à peine quinze mille ans. Pour cela, il a fallu créer des outils, construire des greniers, défendre ceux-ci contre les voleurs, faire la guerre. Certes, ce statut d'éleveurs-agriculteurs permettait de disposer d'une plus grande quantité de nourriture, mais le prix à payer, l'obligation de travailler, a pu paraître à certains bien lourd. Pour alléger ce poids, nos sociétés ont imaginé de sacraliser ce qui n'est qu'une contrainte douloureuse.

L'accès de chacun aux biens produits par l'effort de tous a été conditionné jusqu'à présent par sa participation à cet effort : « A chacun selon ses mérites ». Mais, pour produire, il faut désormais moins d'efforts ; un jour viendra où il n'en faudra presque plus ; les machines s'en chargeront. Nous devrions nous en réjouir ; stupidement, par manque d'imagination devant ces conditions nouvelles, nous le déplorons. Pour maintenir le système de répartition d'autrefois, nous inventons de produire des biens rigoureusement inutiles, les « gadgets », dont nous nous efforçons de persuader les consommateurs qu'ils sont nécessaires ; cela donne du travail à ceux qui les produisent, à ceux qui en font la publicité, à ceux qui les vendent, à ceux qui les détruisent ; mais ce travail n'est qu'une fatigue inutile et dévore souvent des ressources non renouvelables de la planète. Cette fuite en avant vers la consommation aboutit à une véritable obésité des sociétés les plus riches.

Donner du travail à tous, est-ce vraiment l'objectif ? Pour le mettre en doute, il suffit de remarquer que la disparition des malfaiteurs, privant de travail tous ceux qui luttent contre eux, serait un facteur d'accroissement du chômage.

Il est temps de s'interroger sur la finalité de la vie en commun.

QUEL PROJET VERS QUEL OBJECTIF ?

Construire des personnes

Il s'agit de satisfaire les besoins des hommes. Mais quels sont-ils ? En priorité, il faut faire face aux exigences de notre organisme. Comme tous les primates, comme tous les mammifères, dont nous faisons partie, nous avons faim, nous avons soif, nous avons froid. Durant quelques centaines de milliers d'années, la lutte pour la survie a mobilisé la totalité des activités de nos ancêtres. Puis seuls, semble-t-il, parmi les animaux, ils ont commencé à penser à autre chose, à enterrer les morts, à peindre les parois des grottes, à construire d'inutiles pyramides. Cette mutation n'a pas été provoquée par tel ou tel novateur, mais par les rencontres rendues fécondes par l'invention du langage. Capables d'échanges, les humains ont créé la seule structure plus complexe, plus riche que chacun d'eux, le véritable « surhomme », l'ensemble de tous. C'est ce surhomme collectif qui apprend à chacun à se transformer avec l'aide des autres, à compléter l'être par la conscience d'être : l'individu produit par la nature devient une personne.

Aux besoins des individus se sont alors ajoutés les besoins des personnes. Ces derniers consistent essentiellement en rencontres, car ces rencontres, ces échanges, sont les sources de notre vraie richesse. Encore faut-il qu'ils se déroulent dans le respect mutuel, ce qui, à vrai dire, n'est pas facile. Dans le petit lopin terrestre qui est celui de nos origines, la Méditerranée, la recherche de ce respect a pris depuis quelques millénaires la forme de la démocratie. Les pas dans cette direction ont malheureusement été bien lents, car il fallait d'abord répondre aux besoins vitaux.

Aujourd'hui, les avancées techniques permettent de satisfaire ceux-ci à moindres frais ; la chance de notre temps est de pouvoir enfin mettre en priorité la satisfaction des besoins non plus des individus, mais des personnes ; c'est donc un véritable changement d'objectif que devraient nous proposer les économistes, vers un nouveau front que devrait se diriger la lutte collective face aux contraintes du milieu. Hélas, les esprits n'y sont guère prêts. Un des « intellectuels » des plus médiatiques et des plus écoutés actuellement par le pouvoir (Alain Minc, un nom que ta génération aura certainement oublié) affirmait récemment : « La démocratie n'est pas l'état naturel de la société, le marché oui », et en concluait que le système capitaliste actuel est définitivement installé.

Même si le marché était l'ordre naturel des choses, il ne serait nullement fatal. La construction de l'humanité par ses propres efforts a justement consisté en une lutte permanente contre la nature. Accepter les ukases de la nature, c'est nier la spécificité de notre espèce. Si le marché est « naturel », raison de plus pour tenter d'autres méthodes de régulation de l'économie.

Une expérience ratée

Le XXe siècle vient, par chance, de réaliser une expérience de grande ampleur dans la recherche de solutions nouvelles. Elle a certes mal tourné, mais il serait sot de ne pas en tirer les leçons. Créée en 1917 sur les ruines de l'empire des tsars, l'URSS a opté pour un régime socialiste présenté comme une première étape vers un régime communiste. Innombrables, de par le monde, ont été ceux qui ont placé leur espoir d'une société meilleure dans la réussite de cette organisation révolutionnaire de la production et de la répartition des richesses. Refusant de se soumettre aux mécanismes économiques dits libéraux qui ne savent respecter que la « liberté du renard dans le poulailler », ce nouvel ordre social prétendait apporter un modèle sur lequel toutes les nations finiraient par s'aligner.

Tu connais l'aboutissement ; en 1989, la chute du mur de Berlin a entraîné la dislocation de l'URSS. L'expérience avait duré soixante-dix ans et se terminait par une déconfiture. L'évidence de cet échec est interprétée par le camp des libéraux comme la preuve que la voie qu'ils préconisent est la seule bonne. Comme si l'échec des premières tentatives d'escalader l'Everest était la preuve que cet exploit est définitivement impossible.

Une analyse plus fine est nécessaire. Il faut rechercher les raisons de cette issue désastreuse aussi bien dans les erreurs (qui apparaissent, avec le recul, monstrueuses) commises par les dirigeants de l'URSS, que dans les pièges tendus par d'autres nations bien décidées à empêcher la réussite de l'entreprise. La querelle entre libéralisme et socialisme, entre abandon aux mécanismes du marché et soumission à un Etat omnipotent, est inutile si elle ne débouche pas sur la recherche d'autres voies. Celles-ci commencent à être imaginées et explorées.

Quelques essais dispersés

Spontanément se sont développées, un peu dans tous les pays, de multiples activités dont l'utilité est soit sociale, soit écologique, et qui produisent des biens échappant au marché. Elles peuvent prendre la forme d'entreprises aussi structurées et organisées que les sociétés cotées en Bourse, mais elles en diffèrent radicalement par leur finalité. Leur objectif n'est pas de distribuer des dividendes à leurs actionnaires ; il est d'associer efficacement des hommes et des femmes ayant la même volonté de porter remède à telle ou telle carence de la société. Elles créent donc une richesse non marchandable, sans valeur économique ; mais malgré le désintéressement de ceux qui y participent, cette production a un coût. Certains Etats commencent à comprendre que prendre en charge une part du coût de cette activité choisie est aussi légitime que d'indemniser le chômage subi.

Se crée ainsi un « tiers secteur » dont la logique n'est ni celle du capital privé ni celle des fonctions assurées normalement par l'Etat. Il serait injuste d'y voir seulement un appoint marginal fourni par quelques gentils écolos qui veulent protéger la nature ou par de braves gens qui pratiquent l'entraide au nom des bons sentiments. C'est au contraire l'essentiel du tissu social qui est généré par ces activités ; c'est dans ce secteur que pourront trouver une place ceux que la logique économique classique considère comme « en trop ».

Un exemple caractéristique des difficultés rencontrées par ces initiatives est fourni par la mésaventure d'une association dont le fondateur, un ami, est à la fois ingénieur et médecin. En 1987, il était en charge d'un service d'alcoologie dans un hôpital parisien. Devant la détresse d'anciens alcooliques menacés d'exclusion sociale qui s'efforçaient de « sortir de l'enfer de la toxicomanie et retrouver confiance en soi en bâtissant un projet à long terme », il leur a proposé des emplois dans le second œuvre du bâtiment. Reconnue trois ans plus tard par les services administratifs, l'association Pilier d'Angle s'est ouverte à d'autres catégories de personnes en voie d'exclusion, chômeurs, anciens « taulards », jeunes sans assistance ; elle est devenue une entreprise importante, avec un effectif de cinquante salariés.

Malheureusement, l'irrégularité des marchés obtenus et surtout la concurrence sauvage d'entreprises qui n'hésitent pas à sous-payer leur main-d'œuvre et à violer les règles d'embauche en recourant au travail « au noir » ont eu raison de ce projet. Après dix années de fonctionnement, la liquidation judiciaire a mis fin à l'expérience. Cette issue malheureuse est révélatrice de l'erreur commise par notre société en soumettant les entreprises dont la finalité est sociale aux mêmes contraintes que celles dont la finalité est financière. Il est urgent que juristes, politiques, gestionnaires, fassent preuve d'imagination pour permettre au tiers secteur de se développer.

Ce n'est qu'un minuscule exemple. Il pose bien le problème de l'inadaptation de notre société aux conditions nouvelles de la production et de la répartition. Des voies tout autres sont imaginées par ceux qui sont conscients de la nécessité et de l'urgence d'un changement radical ; ainsi certains proposent la mise en place d'un « revenu d'existence » accordé à tout citoyen, quels que soient son âge, sa fonction, son statut, du simple fait qu'il existe, indépendamment de sa contribution à la marche de la société. Si étranges puissent-elles paraître, ces propositions sont, de toute façon, plus raisonnables que l'hypothèse d'une poursuite de la dynamique actuelle qui nous entraîne en marche accélérée vers des impasses.

Un projet : l'éducation

Sur l'objectif, il semble qu'un accord assez général puisse facilement être dégagé. Reste à préciser le projet qui permettra de s'en approcher. Dans une première phase, qui constituerait la réalisation la plus porteuse d'avenir de ton siècle, ce projet pourrait être la mise en place d'un système éducatif enfin cohérent avec la spécificité humaine.

Nous l'avons vu, cette spécificité est la capacité de métamorphose de chacun en une personne construite au moyen des matériaux apportés par la rencontre des autres. Faire de ces rencontres des occasions d'échanges se heurte à mille obstacles. Echanger, tout comme marcher, cela s'apprend. Les parents sont les premiers en charge de cet apprentissage ; mais ils doivent être relayés par la collectivité. La fonction première de celle-ci, une fois résolus les problèmes de survie, est d'introduire le petit d'homme dans le jeu des rencontres. Ce qui implique de lui apporter par l'enseignement toutes les richesses de compréhension fournies par l'intelligence de tous.

Cette fonction d'enseignement est si essentielle, elle conditionne à tel point l'aventure de chacun, qu'elle constitue le foyer central de toute démocratie. C'est en commençant par l'enseignement qu'il faut faire reculer la barbarie que manifeste le pouvoir de l'argent. L'accès à la possibilité d'être éduqué, sorti de soi-même, doit être offert à chacun comme un droit résultant de son appartenance à notre espèce.

Cela est vrai au sein de chaque nation ; ce l'est aussi pour l'organisation des rapports entre les nations. La communauté culturelle méditerranéenne, si elle voit le jour, aura pour tâche de mettre en commun, en un budget unique de l'éducation, les ressources de tous les Etats y participant. Les écoles, les lycées, les universités seraient financés en fonction de leurs besoins, du nombre de leurs élèves, indépendamment de leur appartenance à tel ou tel Etat. Utopique ? Pourquoi ce que la CEE a fait pour les éleveurs de brebis européens ne pourrait-il être fait par la CCM pour les éducateurs d'hommes méditerranéens ?

Bien sûr, cette réalisation au niveau des peuples méditerranéens ne représentera qu'une étape ; c'est à tous les Etats de la planète qu'il faudra un jour étendre cette solidarité essentielle. Nous trouvons nécessaire l'envoi d'avions chargés de nourriture dans les pays où menace la famine ; viendra le jour où nous trouverons aussi urgent l'envoi de crédits permettant d'installer des écoles dans les régions où sévit l'analphabétisme.

En m'adressant à toi, je t'ai donné existence.

A l'instant où j'écris ces lignes, tu n'es pas. A l'instant où tu les lis, tu es ; tu deviens. A chaque phrase, je peux m'exprimer aussi bien au présent qu'au futur.

Nous nous émerveillons de la simultanéité apportée par la radio. Entendre à l'instant où elles sont dites des paroles prononcées aux antipodes, nous y voyons une victoire de la technique, mais cette victoire est aussi une perte, car par ce moyen le temps est aboli. Plus mystérieux et surtout plus fécond est le télescopage des temps vécus permis par l'écriture ; le futur de l'un et le présent de l'autre s'interpénètrent, fusionnent. Le temps devient la matière première d'une alchimie qui permet à chacun de participer au devenir de l'autre. Par ce livre je suis entré, ou plutôt j'entrerai, par effraction, dans tes pensées ; mes interrogations sur le monde que tu reçois en héritage, ou plutôt que tu recevras en héritage, vont orienter les tiennes. Chacun participe au devenir de l'autre.

Mais qui es-tu ? Une fille, un garçon ; nous avons vu que cela n'avait guère d'importance. Au départ, j'ai imaginé que l'un de tes parents était l'un de mes petits-enfants, ces quatre garçons et quatre filles ont pour moi une telle présence ! Mais ce lien génétique est dérisoire. Je sais de toi l'essentiel : tu es de mon espèce. Et cela suffit à établir une connivence nous associant définitivement dans une même aventure, car l'espèce humaine est singulière.

Il est facile d'énumérer tout ce qu'elle a en commun avec tous les êtres dits vivants sur la Terre. Les éléments qui nous constituent sont parfaitement banals, comme sont banals les processus qui se déroulent en nous. Même le code génétique, qui traduit en chaînes de protéines les séquences présentes sur l'ADN, est le même pour les bactéries, les végétaux, les animaux et nous. Nous sommes l'une des branches, l'un des rameaux, parmi des millions d'autres, d'un arbre généalogique qui s'est différencié au cours de trois milliards et demi d'années.

Il se trouve que ce rameau se distingue de tous les autres. Pour le généticien, cette différence se résume à quelques mutations récentes. Intervenues au cours des quelques derniers millions d'années, une durée bien courte dans l'histoire de la planète, elles nous ont donné une complexité cérébrale qui nous a entraînés sur un chemin où aucune autre espèce n'a pu nous suivre. Ainsi un nuage poussé par un vent un peu plus fort passe seul au-delà du col et apporte la pluie sur un espace nouveau.

La science, en progressant, décrit avec toujours plus de précision ce cheminement. Mais elle ne peut répondre à la question des causes premières : ce parcours est-il le produit d'un hasard aveugle, ou l'aboutissement du projet d'une puissance supérieure ? Elle refuse même de poser cette question dont la réponse ne peut être fournie que par une foi, non par des raisonnements.

Les interrogations sur les événements passés sont certes passionnantes mais l'important est le présent, car il nous permet de décider de l'avenir.

Longtemps nous nous sommes contentés, comme tous les animaux, de subir. Nous avons maintenant les moyens de choisir et d'agir. Un chant de triomphe ne serait pas déplacé devant les pouvoirs que nous nous sommes donnés. Sur tous les fronts nous venons de progresser, contre la maladie, contre la douleur, contre l'obligation du travail. Ce dernier siècle nous a apporté une extraordinaire moisson de possibilités dont nos ancêtres osaient à peine rêver.

Et pourtant que de guerres, de massacres, de misères, de désespoirs ! La cause de ce lamentable gâchis ne peut être trouvée ailleurs qu'en nous-mêmes. Quel est donc le ver dans le fruit ? Je me hasarde à te proposer une hypothèse. Ce ver qui pourrit tout ne serait-ce pas l'attitude que nous adoptons envers les autres ? Cette attitude est aujourd'hui (peu importe que ce soit dû à la nature ou à la culture) fondée sur la méfiance, la compétition, la lutte. L'évidence est pourtant que la coopération est seule féconde. Nous l'oublions car nous nous trompons sur la définition de nous-mêmes.

Lorsque nous disons « je », nous pensons à l'individu autonome, localisable, identifiable, unique, que nous sommes. Mais nous ne sommes pas que cela.

Nous pourrions avec plus de vérité évoquer la personne qui s'est développée en prenant cet individu pour support. Or, cette personne n'est pas confondue avec son support. Elle est certes unique, mais elle n'est pas localisable, à peine identifiable, car elle est moins un objet qu'un processus. Et ce processus ne peut se poursuivre qu'en bénéficiant des apports des autres. « Je est les liens que je tisse. » Avec cette définition, que je t'ai rappelée, la compétition, la lutte contre l'autre, apparaissent comme des comportements au mieux infantiles, au pire suicidaires.

C'est à ce niveau qu'il faut situer la révolution nécessaire. Relisant cette lettre, j'ai l'impression de ne t'avoir dit que cela ; qu'il s'agisse de racisme ou de peine de mort, d'intégrisme ou de refus des différences, j'ai toujours tiré les conséquences du même constat : chaque membre de notre espèce est « plus que lui-même » par son appartenance au réseau des rencontres.

Ce réseau, depuis mon enfance, je l'ai tissé au présent en échangeant avec mes contemporains, au passé en lisant les livres ou en admirant les œuvres de ceux qui m'ont précédé. Avec toi je l'ai tissé en me projetant vers l'avenir. Grâce à toi je peux prendre à mon compte l'orgueilleuse apostrophe : « Mort, où est ta victoire ? »

TABLE

Composition réalisée par JOUVE

Imprimé en France sur Presse Offset par

BRODARD & TAUPIN
GROUPE CPI

La Flèche (Sarthe).
N° d'imprimeur : 10504 – Dépôt légal Édit. 18130-01/2002
LIBRAIRIE GÉNÉRALE FRANÇAISE - 43, quai de Grenelle - 75015 Paris.

ISBN : 2 - 253 - 15213 - 7 31/5213/9